EH BIEN, DANSEZ MAINTENANT !

Loi n° 49-956 du 16 juillet 1949 sur les publications destinées à la jeunesse,
modifiée par la loi n° 2011-525 du 17 mai 2011
ISBN 978-2-09-255851-5
Dépôt légal : septembre 2015

EH BIEN, DANSEZ MAINTENANT !

La Fontaine et la cour du roi

Béatrice Nicodème

Nathan

CHAPITRE 1
Mission secrète

Fontainebleau, 17 août 1661

Perrette enfouit la tête sous son oreiller en grognant. Pourquoi sa mère parle-t-elle si fort en plein milieu de la nuit ? Puis soudain, prise d'un doute, elle entrouvre un œil. Pas du tout, ce n'est pas le milieu de la nuit. Il doit même faire grand jour, à en juger par la lumière qui traverse le rideau de l'alcôve où elle dort. Perrette bondit hors de son lit. Elle a promis aux fils de l'aubergiste de Fontainebleau de les retrouver à dix heures tapantes pour une partie de pêche en bord de Seine. Pourvu qu'ils ne partent pas sans elle !

Elle enfile à la hâte sa camisole[1] de lin blanc et sa jupe beige à grandes poches en se demandant quelle bonne excuse elle va inventer pour obtenir

1. Corsage.

l'autorisation de sortir. Sa mère n'est jamais à court d'idées pour l'occuper. Quand ce n'est pas jour de marché, de lessive ou de ménage, elle lui confie d'interminables travaux de couture. Car dame Laloy, la mère de Perrette, gagne sa vie comme marchande à la toilette à la cour du roi. Elle ne risque pas de se retrouver sans travail ! Ces dames de la Cour ont en effet pour principal souci d'être belles et séduisantes. Ou plutôt, chacune rêve d'être *la plus* belle et *la plus* séduisante de toutes, avec le secret espoir d'être remarquée par le roi. Tout le monde sait que Louis XIV est extrêmement sensible à la beauté et à l'élégance. Il leur faut donc les robes les plus à la mode, les dentelles les plus fines, les bijoux les plus rares, les fards capables de dissimuler la moindre imperfection de leur teint de porcelaine. Aussi dame Laloy court-elle de tous côtés du matin au soir, à la recherche de ce qui plaira à ces dames. Et, pour peu qu'elle repère un défaut au moment d'aller livrer ses dentelles et ses colifichets, elle met à contribution les doigts fins et habiles de Perrette.

Passe encore en hiver, quand on risque d'être transformée en statue de glace dès qu'on sort de la maison. Mais l'été ! Comment une jeune fille de quinze ans pourrait-elle rester enfermée à se piquer les doigts alors que le soleil brille, que les ruisseaux gazouillent, et que les garçons vous regardent comme si vous étiez la huitième merveille du monde ? Chaque matin, Perrette trouve une nouvelle excuse pour disparaître aussitôt après le petit déjeuner.

À présent, elle s'avance sur la pointe des pieds jusqu'au rideau et le pousse légèrement. L'alcôve qui lui sert de chambre donne dans la salle, face à la porte d'entrée. Sa mère est en train de discuter avec un jeune adolescent revêtu d'un justaucorps bleu. Vu son âge et les ornements de sa livrée, ce doit être un page. Il a les cheveux roux, un long nez pointu et l'air futé. « On dirait un renard », songe Perrette. C'est plus fort qu'elle, les humains lui rappellent presque tous des animaux. Sa mère, avec son visage large, ses gestes élégants et sa gourmandise, lui fait penser à une chatte. Et l'aubergiste, qui bavarde sans arrêt en faisant des gestes et n'a pas son pareil pour rouler ses clients, ressemble un peu à un singe.

Que vient faire ici de si bon matin ce page à l'allure de renard ? Perrette va sans doute le savoir bientôt puisqu'il s'en va. Dame Laloy, après avoir réfléchi un instant en se grattant derrière l'oreille comme un chat qui fait sa toilette, se dirige vers l'alcôve.

– Perrette ? Ah, tu es enfin levée ! Ça tombe bien,

j'ai besoin de toi. Avale vite un bol de lait pendant que je te prépare du pain, un peu de lard et une poire à emporter.

– À porter chez qui ? s'étonne Perrette.

– J'ai dit à *emporter*, pas à *porter* ! Tu vas faire une longue route et tu ne mangeras peut-être rien d'autre jusqu'à ce soir ou même demain matin.

– Comment ça, une longue route ?

– Il faut que tu ailles à Vaux-le-Vicomte.

De déception, Perrette retourne vers son lit et s'y laisse tomber. Qu'est-ce que sa mère a encore inventé ? La journée est gâchée. Et d'ailleurs, où se trouve Vaux-le-Vicomte ?

– Où ça ? demande-t-elle.

– Au château de Vaux-le-Vicomte, la demeure du surintendant Fouquet. C'est à plus de sept lieues[1] d'ici, peut-être même davantage.

– Plus de sept lieues !

– Ne t'inquiète donc pas, j'ai tout organisé. Tu n'auras qu'à être dans un quart d'heure au début de la route de Melun. Des paysans qui vont au marché devaient m'y prendre, tu iras à ma place. Une fois à Melun…

---

1. Au moins 23 kilomètres (1 lieue = 3,248 kilomètres).

– Melun ? Mais c'est le bout du bout du monde !

La mère de Perrette lève les yeux au ciel.

– Au lieu de m'interrompre sans arrêt, tu ferais mieux de boire ton lait si tu ne veux pas être en retard. Bon, une fois à Melun, tu feras le reste de la route à pied. Si tu ne traînes pas, ça ne devrait pas te prendre plus d'une heure et demie. C'est ce que m'a dit la personne qui m'a confié le message.

– Quel message ?

Dame Laloy sort de sa manche une lettre cachetée et la brandit devant elle.

– Celui-ci. Donc, une fois à Melun, tu demandes la route de Meaux. Quand tu arrives à Rubelles, tu continues pendant environ trois cents toises[1] jusqu'à ce que tu voies une route qui oblique vers la droite. Elle conduit directement au château.

– Et si je me perds ?

– Eh bien, tu demanderas ton chemin ! Quand tu arriveras au château, tu iras parler à monsieur Fouquet en personne. *En personne*, tu m'entends ? C'est très important.

– Et comment est-ce que je le reconnaîtrai ?

– Tu n'auras qu'à demander à un valet de te

1. Environ 600 mètres (1 toise = 1,959 mètres).

conduire jusqu'à lui. Il sera forcément là puisqu'il donne ce soir une fête somptueuse. Même le roi y est convié, alors j'imagine d'ici l'agitation… En tout cas, il faudra te débrouiller pour que le surintendant ait ce message le plus tôt possible, et faire en sorte qu'on ne te voie pas le lui remettre. Tu as bien compris ?

– Ah là là, que de mystères ! Tu ne crois pas que je devrais me procurer une arme pour le cas où quelqu'un voudrait m'assassiner ?

– Cesse donc de rire de tout, ma fille. Figure-toi que monsieur Fouquet est en grand danger. Si la personne qui a écrit ce message dit vrai, ses ennemis envisagent de profiter de la fête pour l'empoisonner.

– L'empoisonner ? Quelle horreur !

– Tu vois d'ici les conséquences que cette affaire pourrait avoir. Si cet homme me doit la vie, il saura sûrement me remercier. Or, figure-toi que je n'ai pas envie de vieillir dans cette masure. Ça nous fait de belles jambes d'être dans l'enceinte du magnifique domaine royal[1] de Fontainebleau s'il faut supporter l'humidité du grand canal, un toit qui s'effondre et des fenêtres qui laissent passer l'air ! D'ailleurs,

1. En 1661, Louis XIV demeurait une partie de l'année au château de Fontainebleau (voir « Louis XIV et Versailles », p. 153).

je commence à en avoir par-dessus la tête des humeurs des marquises et des comtesses.

– Je sais, maman, tu m'as dit tout ça mille fois. Tu rêves de tenir une auberge, et ce n'est pas en vendant des dentelles et des pommades que tu gagneras suffisamment d'argent pour en acheter une.

– Exactement ! Pourquoi crois-tu que je me suis débrouillée pour faire partie des personnes de confiance qui renseignent le surintendant sur ce qui se dit à la Cour ? Le seul moyen de m'enrichir, c'est de mériter la gratitude d'un grand personnage, riche et haut placé, et c'est le cas de monsieur Fouquet. Maintenant, dépêche-toi de te préparer si tu ne veux pas que la charrette parte sans toi.

Perrette soupire.

– Pourquoi est-ce que tu n'y vas pas, puisque tu avais prévu de te rendre à Melun ?

– Je ne demanderais pas mieux, figure-toi. Je serais même ravie de voir à quoi ressemble ce château qui, paraît-il, est une splendeur. Seulement, j'ai rendez-vous avec deux dames d'honneur de la reine. Alors je compte sur toi, hein ? Tu as bien tout compris ? Il ne faut surtout pas…

– Maman ! l'interrompt Perrette. Je ne suis pas complètement demeurée ! La charrette, Melun, la route de Meaux, Rubelles, Vaux-le-Vicomte, le château, le surintendant et personne d'autre… Et au fait, je rentrerai comment ?

– Tu verras ça avec le surintendant. Quand il aura cette lettre, je parie qu'il sera prêt à te payer un carrosse pour te reconduire ici, à moins qu'il ne te propose de passer la nuit au château. Allez, prends ce petit balluchon, ton fichu le plus épais pour le cas où tu rentrerais tard… Quoi, tu n'as pas mis de jupon ?

– Il fait beaucoup trop chaud.

– De toute façon, il n'y a plus une minute à perdre. Dépêche-toi donc !

Perrette est exaspérée. Elle adore l'aventure, mais seulement quand c'est elle qui décide de s'y lancer.

CHAPITRE 2

L'insaisissable monsieur Fouquet

Le trajet en charrette est un vrai supplice. Accroupie contre un montant qui lui rabote le dos, secouée comme dans un panier à salade, Perrette passe deux heures horribles à serrer les dents pour ne pas vomir son petit déjeuner. Puis elle doit marcher pendant deux heures encore sur une route interminable, en pestant après le soleil qui lui donne mal à la tête. Elle doit demander plusieurs fois son chemin, et finalement il est une heure et demie bien sonnée quand elle arrive dans la cour d'honneur du château.

Elle est obligée d'admettre que sa mère a dit vrai… Grande sans être austère, majestueuse et pourtant accueillante, la demeure de monsieur Fouquet est toute en élégance et en harmonie. On n'a qu'une envie : y pénétrer et l'explorer. Et surtout, songe Perrette, partir à la recherche de la chambre la plus fraîche et d'un lit moelleux pour une longue sieste.

Elle est certaine que ses joues sont rouges comme des pommes d'api et son visage luisant de transpiration ! Sans compter qu'elle meurt de faim. Mais mieux vaut se débarrasser tout de suite du fameux message. Avec un peu de chance, monsieur Fouquet donnera l'ordre de lui servir un repas plantureux pour la remercier. Si une fête a bien lieu ce soir, il doit y avoir dans les cuisines des monceaux de charcuteries succulentes, de volailles en sauce, de gâteaux et de crèmes. Sauf bien sûr si la mère de Perrette a été mal informée.

Mais non, il est visible qu'une grande réception se prépare. Des ordres résonnent de tous côtés, des domestiques transportent quantité de fauteuils et de tables, déroulent des tapis, époussettent les boiseries, accrochent des tableaux, vérifient qu'il ne manque pas une bougie aux lustres. La seule façon de passer inaperçue est de prendre l'air affairé d'une jeune femme de chambre à qui l'on a confié une tâche importante. Mais comment trouver monsieur Fouquet au milieu de tant de monde ? Perrette ne sait même pas à quoi il ressemble. Il a sûrement une perruque imposante, des collants impeccables et un maintien très digne. Autrement dit, il ressemble à n'importe quel gentilhomme. La voilà bien avancée !

Elle traverse le vestibule, passe une des portes et débouche dans un gigantesque salon ovale dont les fenêtres donnent sur le parc. Le plafond est aussi haut que les voûtes d'une cathédrale, la lumière qui pénètre par les grandes ouvertures cintrées dessine des allées de lumière sur le carrelage crème ponctué de petits losanges noirs. Tout autour de la salle, des bustes juchés sur des colonnes de marbre semblent surveiller les lieux. Une armée de valets est en train de dresser des buffets et de les recouvrir de nappes au point de Venise dégringolant jusqu'à terre. Perrette court vers eux et leur demande :

– Quelqu'un sait où est le maître ?

Elle n'obtient pour toute réaction que de vagues grognements d'ignorance. Agacée, elle se dirige vers une porte qui s'ouvre sur la droite. C'est un autre salon, nettement plus petit que le premier mais tout aussi beau, avec d'immenses tapisseries et des tentures couleur de framboises bien mûres. Là aussi on est en train d'installer des buffets, et Perrette n'obtient pas davantage de réponse à sa question. De plus en plus énervée, elle repère une porte qui ouvre sur une vaste chambre également décorée de tapisseries monumentales. Deux jeunes bonnes frottent le parquet à quatre pattes avec de gros chiffons. Évidemment, elles ignorent où se trouve le surintendant. Tout comme celles qui astiquent les imposants miroirs de la salle suivante.

– Peut-être dans le parc, suggère un jeune garçon qui vérifie les bougies des chandeliers.

Perrette retourne dans le grand salon pour sortir par la terrasse. Elle dévale les marches et court sur le gravier. Pelouses, massifs de fleurs et bosquets forment une véritable dentelle colorée, entourée de bois qui s'étendent très loin à l'horizon. Tout cela est bien beau, mais où trouver le surintendant dans pareille immensité ? Sa mère lui avait bien recommandé de remettre le message *le plus tôt possible* et de se montrer discrète. C'est réussi !

Soudain, à quelque distance, au bas d'une allée de sapins, elle entend éclater des sonneries de trompettes. Y aurait-il un concert ? En ce cas, monsieur Fouquet y assiste sûrement. Tout en s'efforçant d'oublier la chaleur et son estomac qui gargouille, Perrette court en direction de la musique. Et tombe en plein spectacle. Entourée de jets d'eau qui jaillissent vers le ciel, une femme déclame d'une voix chaude et puissante :

– *Pour voir en ces beaux lieux le plus grand Roi du monde,*

Mortels, je viens à vous de ma grotte profonde.

Faut-il en sa faveur que la Terre ou que l'Eau
Produisent à vos yeux un spectacle nouveau ?
Qu'il parle ou qu'il souhaite, il n'est rien d'impossible :
Lui-même n'est-il pas un miracle visible ?[1]

Perrette regarde autour d'elle. En fait, il doit s'agir plutôt d'une simple répétition, car la robe de l'actrice est tout ce qu'il y a de plus ordinaire. À quelques pas, des musiciens accordent doucement leurs instruments en s'efforçant de ne pas la troubler, sous le regard sévère de leur chef. Un homme observe la scène avec attention. Il a beau froncer les sourcils, son air malicieux, ses joues bien remplies, sa fine moustache et son simple habit de drap brun lui donnent un air très jeune. Ce ne peut être monsieur Fouquet ! Avisant un groupe de danseurs qui s'échauffent derrière un bosquet, Perrette s'approche pour demander à voix basse à l'un d'eux s'il sait où se trouve le surintendant.

– Je ne sais même pas à quoi il ressemble, répond le jeune homme.

Il lui explique que le chef d'orchestre s'appelle monsieur Lully, que l'auteur et metteur en scène

---

1. Extrait du prologue des *Fâcheux* de Molière.

en costume marron est monsieur Molière, mais qu'à part ces deux-là et ses camarades il ne connaît personne.

– Il est là-bas, intervient un autre garçon en montrant à Perrette deux gentilshommes qui semblent suspendus aux lèvres de l'actrice.

– Ça va être à nous ! s'écrie un troisième, et toute la troupe s'éloigne avant que Perrette ait pu obtenir d'autres précisions.

L'un des deux hommes qu'on lui a indiqués est fluet, presque maladif, il n'a pas du tout l'allure d'un personnage riche et puissant. L'autre, en revanche, est bien en chair, le visage encadré d'une volumineuse perruque bouclée. Avec son grand nez légèrement recourbé et sa stature imposante, il ressemble un peu au roi. En beaucoup moins jeune, bien sûr, car Louis XIV a presque vingt-trois ans, alors que celui-là en paraît au moins quarante. C'est sûrement lui ! Perrette n'a plus qu'à attendre la fin de la répétition. Mais cela n'a pas l'air d'être pour tout de suite. Maintenant que la tirade est terminée, hautbois et violons se mettent à jouer et les danseurs entrent en scène. Découragée, la jeune fille s'écarte pour s'asseoir par terre à l'ombre d'un bosquet et sortir son pique-nique de son balluchon. Elle engloutit le pain et le lard en quelques minutes, puis essuie la poire avec sa jupe avant de mordre dedans avec délice.

Elle n'est malheureusement pas la seule à vouloir se régaler ! Attirée par le succulent parfum, une guêpe se met à tournoyer autour du fruit.

– Du vent ! rouspète Perrette en faisant des moulinets avec ses mains. Va voir plus loin si j'y suis !

Mais la gourmande n'a peur de rien. Elle insiste, se pose sur la poire, s'enfuit pour revenir aussitôt, et finalement, sans doute irritée par les gestes menaçants de Perrette, la pique sur le côté de la main, là où la chair est si tendre.

– Aïe ! crie la jeune fille en lâchant le fruit.

Elle a affreusement mal. Les larmes aux yeux, elle suce la blessure, se mord la peau dans l'espoir que cela fera cesser la douleur, tandis que la guêpe, repue, s'éloigne comme si de rien n'était. Le beau fruit juteux est maintenant tout souillé de terre.

Et voilà que les danseurs quittent la scène, leur ballet terminé.

Catastrophe, monsieur Fouquet a disparu ! Et s'il lui arrivait malheur avant que Perrette ait pu l'avertir du danger qui le guette ?

CHAPITRE 3
Tension en cuisine

De plus en plus anxieuse et mourant de soif, Perrette s'empresse de regagner le château. Elle refait le même parcours que tout à l'heure, puis explore les pièces qui se trouvent de l'autre côté du grand salon. Aussi somptueuses que celles qu'elle a déjà vues, également remplies de serviteurs courant de côté et d'autre, mais sans l'ombre de l'homme qui ressemble au roi. Où le chercher ? Perrette ne peut tout de même pas monter à l'étage pour inspecter les chambres ! Et d'ailleurs, où est l'escalier ?

En se retournant trop brusquement, elle entre en collision avec un commis de cuisine lourdement chargé qui, sous le choc, perd l'équilibre. L'armature en métal qu'il portait sous le bras gauche fait un vol plané et tombe sur le carrelage avec fracas, tandis que le panier de fruits frais et de fruits confits qu'il tenait de l'autre main se renverse. Les fruits roulent aux quatre coins de la pièce comme des boules de billard.

– C'est malin ! crie le garçon. Si le chef d'office voit ça, il va me renvoyer !

Perrette ne sait plus où se fourrer.

– Je suis vraiment désolée… Je vais t'aider, on en a pour deux minutes.

Récupérer tous les fruits et essuyer les fruits confits pour leur redonner leur brillant n'est pas une mince affaire. Le commis explique que la très haute armature va permettre d'édifier une pyramide, que c'est le travail du chef d'office et qu'il faut qu'elle soit parfaite. Aussi donne-t-il à Perrette deux pêches abîmées en lui recommandant de les cacher dans son balluchon.

– Tu sais où est monsieur Fouquet ? demande-t-elle après l'avoir remercié. Je dois absolument lui parler, c'est très important.

– Tout à l'heure je l'ai aperçu dans la cuisine.

Il lui indique l'itinéraire et, pleine d'espoir, Perrette gagne l'escalier qui descend au sous-sol.

En fait de cuisine, il y en a plusieurs. Une resserre aux confitures, une paneterie qui répand une délicieuse odeur de brioche, toutes sortes de réserves et de chambres de tailles diverses, et une pièce centrale aussi grande qu'une salle de bal où règne une activité frénétique. L'atmosphère y est plutôt chaude… et pas seulement au sens propre du mot ! Un homme vêtu de noir, qui doit être le grand chef, est en train de tomber à bras raccourcis sur un des aides de cuisine.

– Tu appelles ça une pâte brisée ? Tu devais préparer une *tourte à la poire*, pas un *pavé de mortier à l'étouffe-gentilhomme* ! Ce n'est pourtant pas si compliqué ! Tout est dans les proportions et dans la rapidité du geste. On ne peut pas servir ça, tu vas recommencer. C'est ta dernière chance, Antoine. Tu as déjà laissé tourner une crème et raté un sirop de sucre. Je te préviens, ton avenir ici dépend de cette tourte.

Le pauvre Antoine est blanc comme un linge. S'il n'y avait pas l'homme vêtu de noir, Perrette courrait bien vers lui pour le réconforter. Dieu qu'il est beau ! D'épaisses boucles sombres comme la nuit, des yeux de la couleur du jade, des lèvres fines et sensibles. Et ses mains ! Des mains aussi délicates ne sont pas faites pour pétrir des pâtes. Perrette l'imagine bien davantage jouant du clavecin ou maniant le pinceau.

Elle avale sa salive et s'approche discrètement d'un gamin qui hache des amandes.

– Il paraît que monsieur Fouquet est descendu. Tu sais où il est ?

– Il est passé voir m'sieur Vatel mais il est r'parti, répond l'apprenti sans cesser de travailler.

Monsieur Vatel doit être l'homme en noir qui s'est montré si désagréable avec Antoine. Inutile d'aller l'interroger, de toute façon il est évident que le surintendant n'est pas là. Elle va tout de même jeter un coup d'œil dans les pièces voisines. Sans succès. Elle regagne la grande salle… juste à temps pour voir Antoine retirer son tablier, le jeter par terre avec colère, quitter la salle et grimper quatre à quatre l'escalier qui conduit au rez-de-chaussée.

Perrette n'a qu'une envie : se débarrasser de ce fichu message et aller réconforter le bel Antoine. Qui sait, d'ailleurs, si elle ne peut pas joindre l'utile à l'agréable ?

– Après tout, murmure-t-elle pour se donner bonne conscience, il pourra peut-être m'aider à retrouver monsieur Fouquet.

Avant de quitter les cuisines, elle avise un pichet rempli d'eau et, tout en s'assurant que personne ne la regarde, en avale une grande goulée. Puis elle remonte à son tour au rez-de-chaussée et gagne les jardins.

Antoine n'est peut-être pas un très bon pâtissier, mais il galope aussi vite qu'un lièvre. La colère et l'humiliation doivent lui donner des ailes. Il file comme le vent le long des parterres. Puis, soudain, il oblique vers l'ombre des arbres et disparaît. Malgré la fatigue, Perrette se met à courir à toute vitesse. Elle n'a pas la moindre idée de la façon dont elle va aborder le jeune homme. Tant pis, elle improvisera.

Par chance, elle l'aperçoit très vite, assis sur un banc de pierre. Elle s'efforce aussitôt de marcher tranquillement en regardant en l'air comme si elle observait les oiseaux. Elle se baisse pour retirer un caillou imaginaire d'un de ses souliers, balance son balluchon à bout de bras avec désinvolture, et feint au dernier moment de remarquer que quelqu'un est assis sur le banc.

Antoine lève la tête, esquisse un vague sourire de politesse. Il n'a pas l'air du tout disposé à engager la conversation. Pourvu qu'il ne la trouve pas trop délurée !

– Bonjour, dit gentiment Perrette.

– Bonjour, bougonne-t-il.

Elle fait mine de continuer sa promenade, s'arrête, hésite, puis demande :

– Quelque chose ne va pas ? Vous paraissez fâché.

– Absolument pas, je vais parfaitement bien ! répond-il d'un ton rogue.

Elle rit.

– Qu'est-ce que cela doit être quand vous êtes en colère !

Il hausse les épaules.

– Je ne supporte plus monsieur Vatel, voilà tout, explique-t-il. Il n'est jamais content ! Les sauces sont trop liquides ou trop épaisses, les gâteaux trop cuits ou pas assez… Il m'a tellement énervé, tout à l'heure, que j'ai été à deux doigts de lui lancer ma pâte à tarte à la figure !

– Et finalement vous avez préféré vous enfuir, c'est cela ?

Antoine monte de nouveau sur ses grands chevaux. Il proteste avec énergie en regardant Perrette droit dans les yeux :

– Je ne suis pas un lâche ! Seulement, on ne peut tout de même pas traiter un maître d'hôtel comme un simple aide de cuisine.

– Bien sûr, approuve Perrette en s'asseyant sur le banc pour ne plus sentir sur elle ce regard qui la rend toute molle et stupide.

– Oh, il n'est pas pire que d'autres, admet Antoine. Ce qui m'a énervé, c'est qu'il m'a menacé de me renvoyer si ma tourte à la poire n'était pas parfaite… Le meilleur moyen pour que je la rate !

– Vous devriez tout de même y retourner, suggère

Perrette. Si vous voulez, j'y vais avec vous, ça vous donnera du courage.

– Qu'est-ce que vous en savez ? Et puis de quoi vous mêlez-vous ? Qui êtes-vous, d'ailleurs ?

Perrette est dépitée. Décidément, ce n'est pas son jour. Elle vient de rencontrer le plus beau garçon du royaume, et il s'intéresse autant à elle qu'aux fourmis qui se promènent dans l'herbe. Inutile de compter sur son aide, elle ferait mieux de regagner le château.

– Le joli couple que voici ! s'exclame soudain une voix d'homme.

Perrette sursaute, tourne la tête.

C'est lui ! Elle le reconnaît tout de suite : l'élégante perruque, le visage bien en chair au milieu duquel trône un nez royal, les bas impeccables, la démarche tranquille… Enfin !

CHAPITRE 4

Le surintendant devient poète

Malgré tout, Perrette est loin d'être tirée d'affaire. Comme elle ne peut remettre le message en présence d'Antoine, elle va devoir laisser partir le surintendant une fois qu'ils se seront salués, puis attendre un moment avant de le rattraper. Si elle attend trop, elle risque de le perdre de nouveau. Si elle n'attend pas assez longtemps, Antoine la verra peut-être lui donner la lettre. De toute façon, une chose est sûre : elle ferait bien d'oublier Antoine.

Le surintendant s'approche en s'essuyant le front. Les deux jeunes gens se lèvent pour le saluer.

– Sans doute êtes-vous venus comme moi chercher la fraîcheur sous ces majestueux ombrages, dit le nouveau venu. La fraîcheur et surtout la tranquillité. L'agitation qui règne aujourd'hui en cette demeure n'est-elle pas éreintante ?

Perrette est tentée de rétorquer que personne

ne lui a imposé d'organiser une fête et d'y inviter le roi.

– Mais le résultat de tous ces efforts sera certainement fabuleux, dit-elle simplement. Est-il vrai que le roi est attendu ?

– Je le suppose. C'est du moins ce que j'ai entendu dire.

Drôle de réponse ! Il doit tout de même bien savoir si le roi a accepté son invitation ! Pour l'heure, en tout cas, il semble fort peu se soucier des préparatifs. Tête baissée, il regarde fixement le sol comme s'il espérait y trouver un louis d'or.

– Ces fourmis me fascinent, déclare-t-il enfin. Bien qu'elles ne disposent pas de la parole, il est évident qu'elles parviennent à communiquer. Que l'une d'entre elles repère une colonie de pucerons, et elles accourent bientôt toutes en procession comme villageois à la fontaine. Et quelle persévérance, quelle activité !

Il se redresse, ses grands yeux bruns encore tout émerveillés par le labeur des fourmis, puis se ressaisit.

– Je ne me suis pas présenté. Jean de La Fontaine.

Perrette le regarde d'un air éberlué. Cet homme n'est donc pas monsieur Fouquet ?

Comme personne ne lui répond, monsieur de La Fontaine se croit obligé d'en dire un peu plus :

– Ancien maître des Eaux et Forêts, aujourd'hui poète et surtout amoureux de la vie. Monsieur Fouquet me verse une pension, en échange de quoi je lui remets chaque trimestre quelques menus vers, sonnets et madrigaux. J'habite tantôt chez moi, tantôt chez lui.

– Perrette Laloy, annonce Perrette. Ma mère est marchande à la toilette à la Cour.

Antoine se tourne brusquement vers elle comme s'il n'en revenait pas.

– Vous habitez donc sans doute à Fontainebleau près du château, remarque-t-il.

– En effet.

– Alors que diable faites-vous ici ?

Perrette se mord les lèvres. Comment justifier sa présence à Vaux-le-Vicomte sans parler du message ?

– Je suis venue livrer la robe de madame Fouquet, ment-elle avec assurance. Ma mère avait trop à faire pour se déplacer elle-même.

– Je trouve bien surprenant… commence monsieur de La Fontaine en laissant sa phrase en suspens.

Mon Dieu ! Et si le surintendant était célibataire et qu'il n'y avait pas de madame Fouquet ?

– Que trouvez-vous si surprenant ? demande Antoine.

Le poète le regarde comme s'il venait tout juste de découvrir sa présence.

– Surprenant ? s'étonne-t-il. J'ai employé ce mot ? Je suppose que je pensais à quelque chose de particulier, mais vous dire à quoi… Et vous, mon jeune ami, êtes-vous aussi de Fontainebleau ?

Antoine adresse à Perrette un sourire complice qui la remplit d'aise. Il semble avoir oublié toute sa mauvaise humeur.

– Absolument pas. Je m'appelle Antoine et je travaille sous les ordres de monsieur Vatel. Ou plutôt je *travaillais*, car je viens de rendre mon tablier et ne compte pas remettre les pieds dans les cuisines.

– Dites-lui qu'il a tort, suggère Perrette en se tournant vers monsieur de La Fontaine.

Celui-ci a un sourire malicieux.

– Je suis mal placé pour lui faire des reproches, moi qui n'aime rien tant que me promener dans la nature, explorer les bois, baguenauder le long des ruisseaux, observer nos amis les animaux… et dormir ! Dormir sous un moelleux édredon est un des plus grands plaisirs de l'existence.

– Il faut pourtant gagner sa vie, proteste Perrette. Du moins si j'en crois ma mère, qui trime du matin au soir pour une misère.

Depuis que monsieur de La Fontaine les a rejoints, Antoine ne cesse de la dévisager, comme si elle lui plaisait maintenant au plus haut point. C'est très étrange, mais Perrette ne va pas s'en plaindre ! Toute ragaillardie, elle ajoute, pour le plaisir de l'intriguer :

– Heureusement, elle m'a promis que cela allait changer très bientôt. Je ne sais pas comment elle compte s'y prendre, mais elle espère sous peu une importante rentrée d'argent qui lui permettra d'acheter l'auberge dont elle rêve depuis toujours.

– Vous lui demanderez de m'engager comme cuisinier ? plaisante Antoine.

Perrette est aux anges.

– Avec grand plaisir, répond-elle en esquissant une révérence.

– Je ne voudrais pas jouer les rabat-joie, intervient monsieur de La Fontaine. Mais vendre la peau de l'ours avant de l'avoir mis par terre me paraît bien imprudent.

Les deux jeunes gens s'esclaffent d'un seul chœur :

– La peau de quel ours ?

– Ce n'est qu'une image, explique le poète. Prenez quelqu'un qui a besoin d'argent…

– Je vois parfaitement de quoi vous parlez, soupire Antoine.

– Moi aussi, renchérit Perrette.

– Il pourrait lui venir à l'idée de promettre à un fourreur la peau d'un ours, d'empocher l'argent et de dépenser aussitôt cet argent. Imaginez maintenant que toutes ses tentatives pour attraper l'animal échouent… Comment remboursera-t-il le fourreur ? Je déconseillerais donc à dame Laloy d'embaucher un cuisinier avant de s'être assurée que son auberge lui rapportera de quoi le payer.

– Vous êtes un homme très avisé, remarque Perrette.

– Je le suis souvent pour les autres, plus rarement pour moi. Comme dit le proverbe, les conseilleurs ne sont pas les payeurs. Je ne sais comment je m'y prends, mais je suis toujours à court d'argent. Si monsieur Fouquet n'était pas là pour remplir mon escarcelle[1]…

Saisissant la balle au bond, Perrette se tourne vers Antoine.

– Vous voyez bien que monsieur de La Fontaine est de mon avis. Vous devriez retourner au château.

– Je doute que monsieur Vatel passe l'éponge alors que je suis parti sans un mot d'explication !

---

1. Bourse qui se porte à la ceinture. On emploie souvent ce mot pour parler des économies qu'on a amassées.

– Il faut au moins tenter votre chance, insiste Perrette.

– Alors venez avec moi ! rétorque Antoine.

Comment résister à ce regard enchanteur ? Mais Perrette ne perd pas de vue le fameux message. Elle vient de bâtir un plan, et regagner le château avec Antoine n'en fait hélas pas partie.

– Ce n'est peut-être pas une bonne idée, s'oblige-t-elle à répondre. Monsieur Vatel risquerait de s'imaginer… eh bien…

Heureusement, le poète vole à son secours :

– Votre jeune amie a raison. Allez-y seul. Une fois que tout se sera arrangé, vous pourrez toujours la retrouver un peu plus tard.

– Si vous êtes tous les deux contre moi… se résigne Antoine.

Puis il s'éloigne, non sans se retourner à plusieurs reprises vers Perrette, qui doit se faire violence pour ne pas le rejoindre. Qu'importe ! Ce n'est que partie remise. Son plan est très simple : elle va confier la lettre à monsieur de La Fontaine en soulignant l'extrême importance du message qu'elle contient. Puisqu'il connaît bien le surintendant, il pourra la lui donner sans que personne ne s'en étonne, et pendant ce temps Perrette ira traîner du côté des cuisines. Bien sûr, elle s'assurera un peu plus tard que monsieur de La Fontaine s'est acquitté de sa mission.

CHAPITRE 5

L'écureuil, le chevreuil et la cigale

Dès que le jeune Antoine a disparu, monsieur de La Fontaine prend sa place sur le banc et suggère à Perrette de s'asseoir près de lui. Il la trouve tout à fait charmante avec ses jolies boucles châtaines et son air espiègle. Elle le repose des grandes dames orgueilleuses.

Il ferme les yeux un court instant pour écouter bruire la forêt. Les mésanges bleues lancent leurs *tsi-tsi* aigus, un pic-vert tambourine avec énergie sur un tronc dans l'espoir d'attirer une compagne, tandis qu'au loin résonne le chant sur deux notes d'un coucou qui semble surveiller les bois et y faire régner l'ordre. Des odeurs indéfinissables montent des frondaisons, des petits grattements d'animaux invisibles bruissent sous les feuilles. Une halte dans ce beau parc est toujours un moment délicieux.

Mais Perrette le tire de sa rêverie.

– Vous devez très bien connaître monsieur Fouquet, dit-elle en se tournant vers lui.

– Autant qu'on peut connaître autrui, répond-il. Je ne parle pas de l'apparence physique, qui est visible pour tout le monde, mais du caractère. Pour vous donner une idée de la personnalité du surintendant, sachez qu'il a choisi d'orner son blason d'un écureuil. L'idée n'est pas mauvaise, puisque l'écureuil est un animal solitaire qui s'active du lever au coucher du soleil pour amasser d'abondantes réserves. De plus, il grimpe très haut jusqu'aux cimes des arbres. Et Dieu sait que le surintendant a de l'ambition ! Pourtant, cet animal à la belle fourrure rousse a un défaut que ne possède pas monsieur Fouquet : il ne se rappelle pas toujours où il a caché ses noisettes, et le malheureux en perd ainsi une grande partie.

Perrette rit de bon cœur.

– C'est bien vrai ! s'exclame-t-elle. On dit parfois de quelqu'un qui est étourdi qu'il a une cervelle d'oiseau, on pourrait aussi bien parler de cervelle d'écureuil.

– En cela je ressemble davantage à l'écureuil que le surintendant, poursuit le poète. Car je suis parfois terriblement distrait. Figurez-vous qu'un jour je devais porter à Château-Thierry[1] un gros sac contenant des papiers extrêmement importants. J'avais accroché le sac à la selle de mon cheval, mais il s'est détaché pendant le trajet sans que je m'en rende compte. Par chance, la voiture de poste passa peu après, le postillon vit le sac et le ramassa. Quand il arriva au relais où je faisais halte, il me demanda si je n'avais rien perdu. Je lui répondis que non, que je chevauchais sans bagages, et je ne me souvins du sac que quand il me le mit sous le nez !

– J'ai remarqué que vous comparez souvent les gens à des animaux, dit Perrette, la mine soudain plus sérieuse. Figurez-vous que j'ai moi aussi cette habitude. Vous, par exemple, me faites penser à un chevreuil se promenant tranquillement dans la forêt.

Monsieur de La Fontaine ouvre de grands yeux étonnés. C'est bien la première fois qu'il s'entend comparer à un chevreuil !

– Un chevreuil ? Et pourquoi donc ?

– Je ne sais pas. Cela vient peut-être de l'impression de liberté qui se dégage de votre personne,

1. Ville natale de La Fontaine située dans le département de l'Aisne. Il y fut maître des Eaux et Forêts pendant plusieurs années.

et du fait que vous semblez chez vous parmi les grands arbres.

– Je suis heureux que vous me trouviez un air de liberté, se réjouit-il, car rien ne m'est plus précieux que me sentir libre. Il est vrai également que je suis curieux comme le chevreuil. En revanche, j'ai plaisir à voyager, alors que cet animal est plutôt casanier. Il me semble qu'un papillon insouciant volant de fleur en fleur correspondrait mieux à mon caractère. Quant à vous, jeune fille, vous avez la jolie voix et la gaieté d'une cigale. Mais vous me paraissez beaucoup plus réfléchie que cet insecte imprévoyant qui ne pense pas à faire des réserves en prévision de l'hiver.

– Ma mère ne serait peut-être pas de votre avis, elle me reproche sans cesse mon insouciance. Elle prétend que je n'arriverai à rien dans la vie si je ne change pas. Mais je n'ai que quinze ans, j'ai bien le temps de me faire du souci !

Monsieur de La Fontaine n'est d'habitude pas très bavard, mais la gentillesse de cette jeune fille lui donne envie de s'épancher.

– Hélas, vous apprendrez bien assez tôt que les années filent comme l'éclair, lui répond-il. J'ai eu quarante ans au mois de juillet, et qu'ai-je fait de ma vie ? J'ai songé autrefois à devenir prêtre, puis renoncé au bout de dix-huit mois. Je me suis marié, et maintenant je m'ennuie avec ma femme. J'ai un fils qui aura bientôt huit ans, mais je le vois si peu qu'il m'arrive d'oublier que je suis père. Ma pièce de théâtre n'a intéressé personne. J'aurais aimé être l'auteur d'une épopée aussi sublime que l'*Odyssée*, et je n'y suis pas parvenu. Il y a encore peu, mon avenir était dans le même état que ce château : un chantier en construction dans lequel une chatte n'aurait pas retrouvé ses petits. Aujourd'hui, Vaux-le-Vicomte est un chef-d'œuvre, tandis que ma vie ressemble toujours à un brouillon désordonné... L'immense poème à la gloire de Vaux que j'ai commencé il y a trois ans est loin d'être terminé. Et ensuite ? Que ferai-je ensuite ?

Perrette lui jette un regard perplexe. Elle doit se demander pourquoi il lui raconte sa vie. « Une jolie jeune fille comme elle n'a sans doute aucune envie d'écouter les confidences d'un vieux bonhomme », se dit-il avec mélancolie.

– Je vous ennuie, s'empresse-t-il de conclure. Maintenant que vous avez livré la robe de madame Fouquet, vous n'avez sûrement plus qu'un projet en tête : profiter de la fête de ce soir... de préférence avec un jeune aide-cuisinier aux yeux verts.

Retournez au château, jeune fille. Quant à moi, je vais me reposer encore un peu, loin de l'agitation, puis je flânerai dans les jardins avec l'espoir qu'ils m'inspireront quelques vers à ajouter à mon *Songe de Vaux*, ce fameux poème qui n'avance guère.

Perrette reprend son balluchon, se lève, paraît hésiter.

– Puis-je vous demander un conseil ? dit-elle enfin.

Elle plonge la main dans la poche de sa jupe et, soudain, le sang se retire de son visage.

– C'est épouvantable ! s'écrie-t-elle en retournant sa poche de fond en comble. Où est-ce qu'elle a bien pu passer ?

CHAPITRE 6
Catastrophe !

Perrette est complètement affolée.

– J'avais une lettre de la plus haute importance pour monsieur Fouquet, explique-t-elle, et je l'ai perdue ! Elle peut être tombée n'importe où. Dans la charrette, sur la route, dans un couloir du château… Si c'est au château, il y a encore un espoir, mais si elle est tombée dans la charrette ou à Melun… Ma mère va être dans une colère noire !

– Allons, allons, ne vous mettez pas dans cet état, la rassure monsieur de La Fontaine. Il y a sûrement moyen d'arranger les choses. Si j'étais à votre place, j'irais trouver le surintendant et je lui dirais ce qui était écrit.

Elle hausse les épaules.

– Il ne me croira jamais !

– Et pourquoi pas ? Quelle nouvelle si stupéfiante cette lettre contenait-elle donc ?

Perrette hésite. Peut-elle faire confiance à ce

gentilhomme ? Et s'il n'était qu'un hypocrite qui prétendait être un ami du surintendant tout en le détestant ? Cependant, elle n'a personne d'autre à qui se confier. Et le poète lui semble sincère. Dans la vie, il faut parfois prendre des risques. Jusqu'à présent, cela lui a toujours réussi. Elle se jette à l'eau :

– Monsieur Fouquet est en danger. Il paraît que ses ennemis veulent se débarrasser de lui, et qu'on pourrait bien tenter de l'empoisonner pendant la fête de ce soir.

– Monsieur Fouquet en danger ? s'exclame monsieur de La Fontaine. Un empoisonnement ? J'ai peine à le croire !

– Inutile de parler si fort, s'impatiente Perrette. Peu importe que vous le croyiez ou non. Je dois lui remettre cette lettre, et voilà qu'elle a disparu !

– Cela me rappelle ma mésaventure avec mes documents tombés sur la route, soupire le poète. Sauf que cette fois aucune voiture de poste n'est passée derrière vous et…

Il s'interrompt brusquement et regarde Perrette avec des yeux exorbités. Si elle n'était pas si inquiète, elle le trouverait comique avec ses gros yeux ronds, sa perruque qui penche un peu et son jabot[1] qui tremble soudain comme une feuille d'automne. Mais elle n'a pas du tout envie de rire. Tout ce qu'elle a à faire maintenant, c'est courir au château et explorer une à une les pièces où elle est allée tout à l'heure.

– À quoi ressemblait cette fameuse lettre ? l'interroge-t-il.

– Presque carrée, de couleur crème…

– Adressée au surintendant ?

– Justement non. Il n'y avait pas le nom du destinataire puisque je devais la lui remettre en main propre et qu'il ne fallait pas attirer l'attention.

– Alors je suppose qu'elle était cachetée à la cire.

– Bien sûr !

– Avec un D gravé dans la cire, déclare fièrement son interlocuteur.

– Co… comment le savez-vous ?

Les yeux brillants de malice, le poète glisse la main dans une de ses larges manches et en retire un document carré de teinte crème.

– Je le sais parce que c'est moi qui l'ai ramassée !

---

1. Sorte de foulard de dentelle qui ornait le devant du cou et surplombait la veste. Il était généralement assorti aux manchettes qui dépassaient des manches.

dit-il en ayant grand-peine à garder son sérieux. Je me demande qui est ce mystérieux D, mais qu'importe ! L'essentiel est que vous ayez retrouvé votre lettre.

Perrette a eu si peur qu'elle part d'un fou rire nerveux, lequel gagne rapidement monsieur de La Fontaine. Les yeux pleins de larmes, ils gloussent ensemble comme deux perdrix, au point que Perrette en a mal au ventre et que le poète est bientôt tout transpirant.

– Vous me sauvez la vie ! s'exclame la jeune fille lorsqu'elle reprend enfin son souffle. Où était-elle donc ?

– Dans le grand salon, lorsque je l'ai traversé pour m'échapper dans le jardin. Une guêpe attirée par le parfum sucré de fruits fort appétissants se délectait d'une poire juteuse à souhait, et je me délectais, moi, à l'observer. Avec son justaucorps rayé, ses bas jaunes et sa taille svelte, elle était ma foi fort élégante. Je suis resté un long moment penché sur elle, quand tout à coup j'ai ressenti un chatouillement sur le dessus de mon pied droit. De l'autre pied, j'ai tenté de faire cesser cette sensation désagréable, et c'est alors qu'une douleur insupportable m'a transpercé. Une complice de la gourmande demoiselle m'avait piqué. Je me suis baissé pour voir si mon pied gonflait…

et me suis trouvé nez à nez, si je puis dire, avec une lettre qui s'était dissimulée derrière la retombée de la nappe. Comme elle ne portait pas de nom de destinataire, je l'ai glissée dans ma manche en me promettant de réfléchir au sort qu'il fallait lui donner. Puis je l'ai oubliée aussi totalement que si mes yeux ne s'étaient jamais posés dessus. Si la situation est aussi grave que vous la décrivez, il faut la porter au plus vite à monsieur Fouquet. Voulez-vous que je m'en charge ?

Perrette hésite. Monsieur de La Fontaine est sûrement plein de bonne volonté, mais peut-on compter sur un homme qui n'a pas plus de mémoire qu'un écureuil ?

– Je vous promets de tenir parole, insiste-t-il. Voici ce que je vous propose. Vous allez rentrer au château, descendre aux cuisines et… eh bien, vous déciderez vous-même de la suite en ce qui concerne le jeune Antoine. Quant à moi, je partirai à la recherche du surintendant. Soyez tranquille, je ne risque pas d'oublier puisqu'il s'agit de sauver la vie du mécène[1] qui me permet de mener une vie insouciante !

---

1. Personne qui encourage et aide financièrement les artistes, les écrivains, les savants.

– Vous êtes absolument certain que vous n'allez pas laisser tomber la missive en chemin ?

– Je vous le jure sur ce que j'ai de plus cher : ma liberté ! Rien ne vous empêchera, d'ailleurs, de vous assurer un peu plus tard que la lettre est bien entre les mains de son destinataire. Vous me paraissez très débrouillarde, je suis sûr que vous me retrouverez sans peine dans la foule.

– Alors c'est entendu, conclut Perrette. Et pour vous remercier…

Elle plonge la main dans son balluchon et lui tend une des deux pêches que le commis lui a offertes, puis elle se met en chemin.

Voyant qu'il ne lui emboîte pas le pas, elle s'arrête, perplexe.

– Partez devant, dit monsieur de La Fontaine. Je ne tarderai pas, je veux juste goûter encore un instant le calme du parc. Vous n'imaginez pas à quel point une soirée comme celle qui se prépare est épuisante. Je vais devoir prendre un air digne, saluer quantité de personnes que je connais à peine, faire de l'esprit, sourire à des orgueilleux qui me méprisent… La fête sera belle, mais je ne suis point si pressé qu'elle commence. Allez, jeune fille, ne vous inquiétez de rien, vous pouvez compter sur moi.

Perrette est partagée entre la crainte que le message disparaisse encore une fois et le désir de retourner auprès d'Antoine. Mais quand on est jeune, le désir l'emporte presque toujours sur la crainte.

CHAPITRE 7
Un cauchemar…

Cette pêche est bien appétissante et il n'y a personne alentour pour voir monsieur de La Fontaine croquer dedans comme un gamin, aussi ne se prive-t-il pas. Elle est en effet succulente ! Quand il a terminé son festin, il frotte ses mains qui sont un peu collantes. Il sourit, les yeux dans le vague. Cette jeune fille délurée l'amuse décidément beaucoup. Elle lui ferait presque oublier son âge et ses ambitions déçues. Et puis il y a cette mystérieuse missive. Il est assez content de l'effet qu'il a obtenu en la sortant de sa manche tel un magicien.

Cette aventure lui semblerait bien sûr beaucoup moins drôle s'il croyait aux menaces contenues dans la lettre. Mais il faut admettre qu'elles sont invraisemblables ! Le surintendant Fouquet, se faire empoisonner ? Allons donc ! Qui oserait prendre le risque de l'assassiner ?

« Cet homme est riche et puissant, songe le poète,

et la mère du roi le tient en haute estime depuis qu'il a volé à son secours pendant la Fronde[1], quand la royauté était en danger. Certes, beaucoup le jalousent. J'ai entendu dire que le roi le trouvait un peu trop ambitieux et que monsieur Colbert, l'intendant des Finances, ne l'aimait pas. Mais de là à verser du poison dans son verre... »

Monsieur de La Fontaine est tout de même perplexe. Il se met à parler à haute voix :

– Est-ce que par hasard monsieur Colbert soufflerait à l'oreille du roi qu'il faut écarter le surintendant du pouvoir ? J'ai peine à le croire. Il est vrai que je ne comprends pas grand-chose aux affaires de l'État. Il m'importe beaucoup plus de savoir que monsieur Fouquet aime mes vers. Quel plaisir de converser avec lui et avec les autres artistes qu'il protège, de déambuler dans sa fastueuse demeure, de toujours trouver à sa table bonne chère et bonne compagnie !... Bon, il va tout de même falloir que je rentre lui donner cette lettre. Je l'ai promis à mademoiselle

1. En 1648, les grands seigneurs s'étaient révoltés contre la régente Anne d'Autriche (veuve de Louis XIII et mère de Louis XIV), et la famille royale avait été obligée de s'enfuir jusqu'à ce que la révolte soit matée (en 1653). Ces événements – désignés par le nom de Fronde – avaient beaucoup marqué le futur roi Louis XIV.

Perrette. Et puis si je me trompais et qu'il arrivait quelque chose au surintendant, je me le reprocherais jusqu'à la fin de mes jours… Je le ferai dès que les rayons du soleil seront un peu moins virulents. Il suffit qu'il l'ait avant le souper. En attendant, un petit somme me fera le plus grand bien. Ce soir, je ne suis pas près de me glisser sous mon édredon.

Le banc de pierre n'est guère confortable, mais il en faudrait davantage pour décourager monsieur de La Fontaine. Il croise les bras sur ses genoux et courbe le dos pour y poser la tête. Il va pouvoir sommeiller, la conscience tranquille, car il a pris la précaution de placer un caillou sur le précieux billet pour qu'il ne s'envole pas.

Cependant, la bonne conscience n'éloigne pas forcément les cauchemars. À peine s'est-il assoupi que toutes sortes de monstres apparaissent près de lui. Serpents, dragons, crocodiles géants, écrevisses aux antennes menaçantes se mettent à tournoyer autour du banc en ricanant comme s'ils cherchaient une victime à couper en morceaux et à engloutir. La terreur le fait transpirer à grosses gouttes. Il tente de s'enfuir, mais ses jambes lui semblent de plomb et, quand il baisse les yeux, il voit pousser sous ses pieds de minuscules racines qui grossissent, grossissent et pénètrent dans le sol. En même temps, de fins rameaux se dessinent au bout de ses mains et le long de ses bras, des rameaux qui s'épaississent peu à peu, s'étirent, s'étendent de plus en plus loin. Il est en train de se transformer en un chêne majestueux ! Il dépasse bientôt la cime des jeunes arbres qui l'entourent, son regard porte très loin, bien au-delà des limites du parc, jusqu'à Melun et même Fontainebleau. C'est extraordinaire, il est le roi de la forêt !

Mais, soudain, d'énormes nuées noires annonciatrices d'orage montent à l'horizon. Elles galopent aussi vite que le vent, projetant sur la campagne de grandes ombres sinistres. Par instants, elles sont traversées de lueurs inquiétantes et émettent de terrifiants crépitements. Monsieur de La Fontaine aimerait se faire tout petit, car il sait que si la foudre s'abat il sera la première victime. Monter très haut apporte bien des satisfactions, mais ce n'est pas sans danger.

Heureusement, voilà que des pas rapides résonnent près de lui, le font sursauter, le tirent brutalement de ses horribles visions. Il ouvre les yeux, comprend que ce n'était qu'un cauchemar… Quel soulagement ! Quant aux petits pas timides, c'étaient probablement ceux du lapin dont il voit le derrière disparaître entre les fougères.

Monsieur de La Fontaine s'étire, s'éponge le front avec les dentelles de sa manchette. Mon Dieu ! Les ombres sont plus longues que tout à l'heure, il a dû dormir longtemps, le roi et sa cour ne vont pas tarder, il est grand temps qu'il regagne le château. C'est bien ennuyeux, alors que ce mauvais rêve lui a donné des idées pour son *Songe de Vaux*. Il voit maintenant très bien comment décrire la fontaine de Neptune. Il faut la rendre un peu effrayante, comme si les sculptures qui l'ornent pouvaient s'animer et devenir menaçantes.

Il se lève et, tout en marchant, commence à former des vers. Il parle tout haut, cela l'aide à trouver le rythme :

– D'abord, les reptiles… Voyons… Des nœuds de reptiles ? Non, il faudrait un mot de deux syllabes… Un ta-ta de reptiles… Je sais : *un amas de reptiles* ! Le rythme est important, je l'entends très clairement : On voit ta-ta-ta-ta un amas de reptiles. Euh… On voit venir… Non… Voilà, j'ai trouvé : *On voit sortir en foule un amas de reptiles*. Ensuite, je fais entrer en scène les monstres marins, les dragons, les crocodiles. Reptiles, crocodiles… Voilà une rime qui sonne bien… Dragons, monstres marins, crocodiles… Il manque quelque chose… Si j'ajoutais les lézards ? Il y a aussi les hydres…

Ainsi progresse-t-il par petits bonds dans son poème, tantôt s'arrêtant un long moment la tête penchée, tantôt repartant d'un pas allègre en souriant. Et bientôt, alors qu'il est en vue du château, tout se met en place et coule sans heurts :

– On voit sortir en foule un amas de reptiles,
Dragons, monstres marins, lézards et crocodiles,
Hydres à sept gosiers, escadrons de serpents,
La gent aux ailes d'or, et les peuples rampants
Limas aux dos armés, écrevisses cornues,
Des formes d'animaux aux mortels inconnues...

Son esprit vagabonde. Toutes ces créatures monstrueuses lui font penser à la méchanceté et à la jalousie de certains humains... La jalousie... Monsieur Fouquet et monsieur Colbert... Saperlipopette ! Il a oublié le billet sur le banc ! Il rebrousse chemin, pestant contre sa distraction, aperçoit le banc... inoccupé, nu, sans le moindre carré de couleur crème. Le poète accélère le pas, fait le tour du banc, se penche, va jusqu'aux fourrés, regarde partout. La lettre a disparu. Le caillou n'a pas suffi à la retenir, elle est tombée, elle a volé, ou bien le lapin malicieux qui l'a tiré de son sommeil s'est amusé avec et l'a emportée bien loin, dans quelque terrier invisible.

Monsieur de La Fontaine est fort ennuyé. Comment

Perrette va-t-elle prendre la mauvaise nouvelle ? Qu'on retrouve la lettre ou non, qu'il croie ou non à un empoisonnement, il doit avertir le surintendant de la menace qui rôde autour de lui.

– En route pour le château, murmure-t-il. D'ailleurs, le roi et la Cour ne vont pas tarder, s'ils ne sont déjà là.

En chemin, il oublie de nouveau la lettre pour se remémorer son rêve. Transformé en chêne… quelle histoire ! Et si c'était le signe qu'il va enfin trouver sa voie, s'enraciner, devenir peu à peu le roi de la forêt, autrement dit un des plus grands écrivains de son époque ?

CHAPITRE 8
Pas de chance !

Un peu avant que monsieur de La Fontaine se transforme en chêne et qu'un lapin malicieux fasse disparaître la lettre, Perrette pénètre à nouveau dans le château par une des portes-fenêtres du grand salon ovale. Depuis qu'elle s'est précipitée dans le parc pour rejoindre Antoine, le décor a bien changé. Tous les buffets sont maintenant dressés. Il y en a plusieurs dans chaque pièce, couverts de vaisselle d'or et d'argent et de plats gigantesques attendant volailles et pâtisseries. Des pyramides de fruits trônent un peu partout, sur des petites tables, sur les dessus de cheminées et même sur les rebords des fenêtres. Des coupes de vermeil disséminées çà et là se remplissent peu à peu de dragées, de macarons, de pâtes de fruits et de sucre candi.

Perrette, qui depuis ce matin n'a avalé que du pain, un peu de lard et la pêche qu'elle vient de croquer, chaparderait bien quelques friandises, mais elle a peur d'être prise la main dans le sac. Ce serait horrible, on la jetterait dehors avant qu'elle ait pu s'assurer que le surintendant a bien eu le message… et elle ne reverrait jamais Antoine.

Elle s'apprête à rejoindre l'escalier qui conduit aux cuisines lorsqu'elle aperçoit, dans l'antichambre de l'aile gauche, l'homme qui discutait avec monsieur de La Fontaine pendant la répétition du spectacle. C'est certainement le surintendant. Si seulement elle avait gardé la lettre ! Elle la lui aurait remise et aurait été débarrassée de cette corvée. Elle peut du moins lui expliquer que sa vie est en danger et que, s'il ne la croit pas, il n'a qu'à demander à son ami le poète le message qu'elle a confié à celui-ci.

Elle vérifie que sa coiffure n'est pas trop en désordre, lisse sa jupe, et s'avance vers l'homme aux fins cheveux acajou et au front pâle. Il vient de redresser un petit tableau au-dessus d'un buffet. Il recule de quelques pas, cligne des yeux, soupire, se passe la main sur le front. Ses yeux noirs brillent comme des pierres précieuses, il semble fatigué. Il est peut-être malade ? Perrette s'approche de lui et s'incline avec respect en esquissant une révérence.

– Monsieur, je suis confuse de vous importuner. Vous êtes bien monsieur Fouquet ?

– Il paraît que oui, répond-il avec un sourire ironique.

– Je suis venue de Fontainebleau, explique-t-elle.

Au mot de « Fontainebleau », il a brusquement fermé une paupière et ses lèvres se sont retroussées, laissant voir ses dents. « Cet homme doit être anxieux », songe Perrette.

– Eh bien ? la presse-t-il de continuer.

– Ma mère m'a chargée...

Elle s'arrête net en entendant des pas derrière elle. Un jeune homme essoufflé qui n'a sûrement jamais appris la politesse dit d'une voix précipitée, sans même saluer le surintendant :

– M'sieur Torelli veut absolument vous voir, c'est très urgent !

– Je n'ai pas le temps maintenant, s'impatiente monsieur Fouquet. Tout a été réglé depuis des lustres, il n'y a plus rien à changer et tout devra fonctionner à la perfection. Diantre, c'est le roi que nous recevons ce soir !

– C'est que... balbutie le pauvre garçon.

– Je ne vois pas ce que peut attendre de moi monsieur Torelli. C'est insensé ! Les voitures ont déjà dû passer Melun et j'ai encore mille choses à régler.

– C'est juste un petit rien, insiste l'envoyé de l'artificier. Un détail, mais qui peut avoir une grande importance. M'sieur Torelli a vraiment besoin de vous voir.

– Un détail ? gronde monsieur Fouquet. Allons, mieux vaut sans doute régler cela que palabrer avec un entêté.

Et le voilà qui sort à grands pas de l'antichambre.

– S'il vous plaît, Monsieur, c'est très important… supplie Perrette en tentant de le suivre.

Sans même se retourner, il lui fait comprendre d'un geste agacé de la main qu'il n'a pas une minute à lui consacrer. Elle est furieuse. S'il ne veut pas l'écouter, eh bien, tant pis pour lui ! De toute façon, puisque monsieur de La Fontaine a promis de lui remettre la lettre, elle aurait bien tort de se tracasser. En route pour les cuisines ! Elle dévale quatre à quatre l'escalier qui y conduit, décidée à explorer toutes les pièces du sous-sol à la recherche d'Antoine.

L'effervescence y est à son comble. À condition de ne pas se mettre en travers du chemin des commis qui courent dans tous les sens et de se tenir à distance des fourneaux, Perrette ne risque guère d'attirer l'attention. Des bataillons de faisans, de pintades et de chapons rôtissent en dégageant un succulent fumet ;

des monceaux de légumes sont prêts à être jetés dans d'immenses marmites de cuivre ; les poissonniers ébarbent[1], écaillent, vident, découpent en filets des montagnes de poissons ; les sauciers surveillent marinades et courts-bouillons. Monsieur Vatel est partout à la fois, surgissant comme un diable derrière un pâtissier pour vérifier la consistance d'une crème, jetant un regard noir à un jeune apprenti qui s'escrime à ouvrir des huîtres. Mais d'Antoine, point. Perrette a beau parcourir une à une salles, resserres, offices et jusqu'aux réduits les plus minuscules, elle doit se rendre à l'évidence : il a changé d'avis, il n'est pas revenu s'excuser auprès de monsieur Vatel. Ou bien celui-ci l'a renvoyé. Antoine a sûrement quitté le château, Perrette ne le reverra jamais ! Pour un peu, elle fondrait en larmes.

Elle se reprend pourtant assez vite. Antoine ne doit pas lui faire oublier pourquoi elle est venue à Vaux-le-Vicomte. Elle regrette maintenant son mouvement d'humeur contre monsieur Fouquet. Ce n'est pas parce qu'il n'a pas voulu l'écouter qu'elle doit négliger sa mission. Au lieu de se lamenter, elle ferait mieux de retourner auprès de monsieur

---

1. Retirent les nageoires.

de La Fontaine et de ne plus le lâcher jusqu'à ce qu'il ait remis la lettre au surintendant. Puis elle rentrera à Fontainebleau, elle ne sait même pas par quel moyen, la mort dans l'âme et une écharde dans le cœur.

Après un dernier tour complet des cuisines, elle se résigne donc à renoncer.

Si elle était moins troublée, elle prêterait davantage attention à la disposition des lieux. Monsieur Le Vau, l'architecte du château, a dessiné des couloirs latéraux en plus du large couloir central, de sorte que cuisiniers et apprentis puissent se déplacer aisément d'une pièce à l'autre sans risquer une collision. Tandis que Perrette regagne l'escalier par le couloir central, elle ne voit pas Antoine qui, au même moment, retourne à son poste de travail par un de ces couloirs latéraux.

Décidément, ce n'est pas son jour de chance.

CHAPITRE 9
Le roi !

Au moment où monsieur de La Fontaine est tout près du château, un nuage de poussière vole au-dessus du toit et le vacarme des voitures résonne de l'autre côté, dans la cour d'honneur. Ils arrivent ! Le roi est là !

– Allons, dit à haute voix le poète pour se donner du courage. Fini les enfantillages et les jolies jeunes filles. Il est temps de parler à monsieur Fouquet et de faire bonne figure au milieu des courtisans.

Flatter les grands personnages, faire des courbettes de tous côtés, s'obliger à parler alors qu'il préférerait rêver dans son coin, c'est exactement ce qu'il déteste. À quoi bon, d'ailleurs ? Il sait bien qu'il n'est guère considéré à la Cour et que le roi ne voit en lui qu'un petite poète de rien du tout…

Il traverse le grand salon et le vestibule, puis, rasant les murs pour ne pas se faire remarquer, descend rapidement les marches et gagne l'esplanade de gravier où les voitures affluent dans un grand vacarme de grincements de roues, de roulements de tambours, de claquements de bottes et d'exclamations d'admiration.

Les Gardes françaises vêtues de bleu et jouant de la grosse caisse se sont rangées sur le côté après avoir marché en tête du convoi. Les six cheveux blancs du carrosse royal sont arrêtés devant les marches, en bas desquelles se tiennent monsieur et madame Fouquet. Le roi est accompagné de son frère, qu'on appelle Monsieur, et d'une ou deux comtesses. Comtesses ou marquises ? Monsieur de La Fontaine ne les reconnaît pas bien, il a une fâcheuse tendance à mélanger les titres de noblesse. En tout cas, la reine n'est pas avec son époux. Elle est sans doute fatiguée par sa grossesse, et la santé du futur dauphin passe avant son plaisir. Dans la voiture suivante, le poète reconnaît sans peine Anne d'Autriche, la mère du roi, accompagnée d'Henriette d'Angleterre, l'épouse de Monsieur, et de la belle duchesse de Chevreuse. Suit une nuée de mousquetaires qui ont fière allure avec leurs casaques bleues marquées de grandes croix blanches.

Dans quelques instants, la procession de voitures qui a suivi le monarque va déverser un véritable essaim de personnages plus ou moins nobles espérant profiter de cette soirée pour obtenir une faveur. Comment peut-on occuper tout son temps à guetter un regard ou un mot du roi ? « J'en aurais, des contes à écrire sur ces gens et leurs manières, songe monsieur de La Fontaine. Ou plutôt des fables, cela conviendrait mieux. Ils sont si faciles à imaginer avec des masques d'animaux ! »

Les fables font partie des jeux de salon. On s'en sert aussi parfois pour enseigner la morale aux jeunes gens. Mais le poète pense qu'elles pourraient être beaucoup plus que cela, qu'elles pourraient devenir un vrai genre littéraire. Enfin, peut-être... Il n'en sait trop rien encore. Ce qui est sûr, c'est que la vie à la Cour lui donne des idées.

Tout en regardant le roi saluer monsieur et madame Fouquet, il imagine le défilé qui va bientôt se former derrière lui, et s'amuse à remplacer les nobles par une petite troupe d'animaux qui le fait sourire malgré lui.

En tête vient le lion puissant et riche, que la pauvreté et la petitesse des autres ne tracassent guère. C'est Louis XIV, bien sûr, auprès duquel se pressent les renards hypocrites et flatteurs, prêts à tout pour obtenir des avantages. Ils sont très nombreux ce soir, en train de descendre de voiture en se demandant comment ils vont s'y prendre pour se faufiler à côté du roi pendant la promenade. Il paraît que monsieur et madame Fouquet en ont invité près de six cents. C'est à peine croyable !

Au milieu des renards se sont glissés quelques singes, aussi malins qu'eux mais parfois également un peu voleurs. Et puis les chiens, fidèles et loyaux (ceux-là sont plus rares)… Les loups, cruels mais manquant le plus souvent d'intelligence… Les chats, égoïstes et hypocrites…

Monsieur de La Fontaine aperçoit soudain dans la foule une dame affreusement corpulente. Elle a de gros yeux exorbités, une bouche énorme et un vilain teint verdâtre. On dirait une grenouille, en beaucoup moins jolie, bien sûr ! Une grenouille qui aurait mangé et bu en abondance dans l'espoir de devenir aussi grosse qu'un bœuf. Cette personne s'imagine sûrement que son embonpoint lui donne un air très important. « Si elle continue comme cela, se dit-il en riant tout seul, elle finira par éclater… »

Mais il ne faut pas oublier les petits et les faibles. Les ânes, qui travaillent du matin au soir et ne récoltent que quelques carottes et des volées de coups… Les moutons, les agneaux, les brebis, les chevreaux…

Tous ceux-là sont invisibles pour l'instant. Les ânes s'activent dans les cuisines en transpirant comme des malheureux. Les autres font leurs comptes dans une soupente misérable en se demandant comment ils vont payer leurs dettes, réparer leur toit qui prend l'eau, retrouver ce que les singes leur ont volé...

« Bon, ce n'est pas le moment de rêvasser, se gourmande le poète. Essaie plutôt de te montrer aimable et courtois. » Mais à qui parler ? Il est un peu perdu au milieu de cet étalage de dentelles et de rubans, de perruques et de fanfreluches. Les femmes jacassent comme des pies et les hommes s'ébrouent comme des chevaux, tandis que le maître et la maîtresse de céans entraînent le roi à l'intérieur. Sans doute va-t-on le conduire à ses appartements afin qu'il se rafraîchisse et se débarrasse de la poussière du voyage. Il a bien de la chance ! L'atmosphère est lourde, l'horizon est ourlé d'une teinte violette de très mauvais augure. Pourvu qu'un orage n'éclate pas pendant la promenade dans le parc ou au beau milieu du spectacle !

Monsieur de La Fontaine sursaute soudain. Il a vu les proches du roi, il a aperçu le manteau d'hermine de Michel Le Tellier, le secrétaire d'État à la Guerre, il a reconnu le duc de Beaufort, le duc de Guise, ainsi que quelques princes… Mais pas la moindre face de couleuvre ! Autrement dit, pas l'ombre de Jean-Baptiste Colbert, intendant des Finances depuis quelques mois. L'homme aux yeux noirs comme des raisins secs, dont la perruque toujours un peu ébouriffée surplombe un visage large où se lisent l'orgueil et la ruse… L'homme dévoré d'ambition qui rêve peut-être d'éliminer monsieur Fouquet pour prendre la première place… La couleuvre figure sur ses armoiries et, à vrai dire, le reptile à sang froid qui rampe en silence correspond parfaitement à ce personnage antipathique. Son absence est plutôt mauvais signe. Est-ce qu'il boude parce que la richesse du surintendant le rend vert de jalousie ? Ou se dissimule-t-il quelque part dans l'ombre pour épier son ennemi ? Monsieur de La Fontaine a beau faire, il a du mal à retrouver son insouciance coutumière. Il essaie de se convaincre que c'est l'atmosphère orageuse qui l'oppresse. Mais il y a cette lettre, qu'il a stupidement perdue. Est-il possible qu'elle dise vrai, qu'un crime se prépare ?

Il faut qu'il parle à son protecteur, qu'il le mette en garde avant qu'on commence à manger. C'est impossible pour le moment. Il le fera tout à l'heure, lorsqu'on visitera le parc.

CHAPITRE 10
Seul au milieu des renards

Quand le roi redescend de ses appartements, aussi fringant et impeccable que s'il n'avait pas parcouru des routes poussiéreuses dans une voiture surchauffée, on s'ébranle pour la visite du parc. Le surintendant a tout prévu pour le confort de ses invités. Pour les hôtes de marque, des chaises à porteurs dont les bâtons sont situés sur les côtés de façon à ne pas leur masquer la vue. Pour la reine mère et les dames qui ne sont plus de première jeunesse, des calèches munies de parasols. Monsieur Vatel, qui n'est pas seulement maître d'hôtel mais aussi chef du protocole[1], marche en tête, tandis que le surintendant et son épouse accompagnent le roi. La Cour suit dans un ordre bien établi : les princes de lignage royal d'abord, puis les grands

1. Le chef du protocole veillait au bon déroulement des réceptions et au respect du cérémonial.

seigneurs, qui eux-mêmes précèdent les seigneurs, derrière lesquels on peut voir ceux qui ont des offices[1] à la Cour suivis par les secrétaires d'État. Viennent enfin les gentilshommes et leurs épouses, qui babillent à qui mieux mieux en se tordant le cou pour ne pas perdre de vue la chaise qui transporte Sa Majesté.

Monsieur de La Fontaine a assisté à la naissance des jardins, il a souvent eu l'occasion de parler avec monsieur Le Nôtre, le jardinier-paysagiste qui les a dessinés. Il a pourtant l'impression de les découvrir. C'est qu'aujourd'hui ils sont revêtus de leur parure de gala. Jamais encore il n'a vu les deux cents jets d'eau qui bordent la grande allée fonctionner tous en même temps. On dirait deux murs d'eau dans lesquels tournoient des myriades de diamants. Des fontaines jaillissent également des parterres et retombent dans des coquilles, aspergeant des sculptures extraordinaires d'animaux, de monstres et de dieux marins. On a l'impression d'avoir pénétré dans un autre monde. En les voyant, les femmes se sentent naïades, et les hommes, Neptune. Et lorsqu'on arrive

1. Des charges à la Cour (par exemple : grand échanson, premier écuyer tranchant…).

à détacher les yeux de ces murs d'eau, si rafraîchissants par cette lourde chaleur d'orage, on emplit ses yeux de la beauté des parterres où embaument les orangers, où les bégonias harmonieusement disposés évoquent pour le poète des pieds d'alexandrins[1], où les buis taillés sont comme des sculptures vivantes.

– Voyez, Sire, dit monsieur Fouquet en se retournant pour montrer du doigt le parterre qui se trouve devant les appartements royaux. J'ai fait dessiner là, au centre du bassin, une couronne royale pour vous faire honneur.

Toute la Cour s'extasie. Même le roi se répand en éloges. Pourtant, au fond de lui, il doit regretter que le parc de Fontainebleau ne soit pas aussi beau. Monsieur de La Fontaine, quant à lui, se régale non seulement de la vision du parc, mais du spectacle de cette multitude élégante où virevoltent dentelles, plumes et robes colorées.

Un « Oh ! » s'élève tout à coup de la noble assemblée. Monsieur de La Fontaine sourit, car il s'attendait à cette surprise. Alors que les grottes aperçues au fond du parc semblaient toutes proches, elles paraissent soudain reculer comme par magie lorsque

---

1. Vers de douze pieds (douze syllabes).

surgit devant les yeux un long canal, jusqu'alors invisible, qui dessine un chemin de lumière à travers les immenses pelouses. Et ce n'est là qu'un des multiples traits de génie de monsieur Le Nôtre pour émerveiller les promeneurs…

Tout cela est bien beau et cette promenade fort agréable, mais comment trouver le moyen de parler au surintendant ? Après la visite des grottes, voilà qu'on se dirige vers le potager. La visite se fait ici à pied, le surintendant toujours auprès du roi, tous deux entourés de renards hypocrites.

À un moment, cependant, le roi montre à sa mère un carré de cardons[1] auxquels leur magnifique teinte bleutée donne l'apparence de fleurs. De là, tous deux se dirigent vers une haie de haricots, et le surintendant se trouve un instant isolé. C'est l'occasion idéale ! Il va falloir faire vite et parler bas pour ne pas être entendu.

Mais monsieur de La Fontaine n'a pas été prudent, il aurait dû se tenir beaucoup moins loin de monsieur Fouquet. Il doit maintenant se faufiler entre des robes à panier, éviter la canne d'une élégante, contourner un carré de laitues, répondre au

1. Légume ancien ressemblant un peu à l'artichaut.

salut d'une connaissance… Quand il arrive enfin près du surintendant, celui-ci est en grande conversation avec une jolie blonde aux yeux langoureux. Le poète peut-il prendre le risque de parler devant cette inconnue sans savoir si elle fait partie des amis sincères ou des ennemis ? Certainement pas, ce serait beaucoup trop périlleux. Il va falloir encore attendre. Peut-être pendant la visite du château ?

Tandis que le cortège quitte le potager, traverse le labyrinthe et l'allée d'eau bordée de petites cascades puis gravit les marches du perron, monsieur de La Fontaine se demande ce qu'est devenue Perrette. A-t-elle retrouvé le jeune Antoine ? L'a-t-elle convaincu de se remettre au travail ? Cela se voit comme le nez au milieu de la figure qu'elle est sous le charme. En ce qui le concerne, c'est moins sûr… La pauvre petite semble croire un peu trop facilement à ses rêves. Le poète jurerait qu'elle se représente déjà l'auberge de sa mère, alors que celle-ci n'a pas le premier sou pour l'acheter…

On pourrait écrire une fable sur ces personnes qui vivent toujours dans l'avenir au lieu de prendre soin du présent. Voyons, imaginons une jeune fille qui part vendre du lait au marché. Tout le long du trajet, elle fait de savants calculs sur le prix de son lait, sur ce qu'elle achètera avec l'argent récolté, sur la façon dont cet argent fera des petits… Et elle rêve si fort qu'elle en oublie de maintenir son pot de lait en équilibre, et qu'il casse avant même qu'elle arrive à la ville.

« Allons, cesse de rêver toi aussi, se dit monsieur de La Fontaine. Au lieu d'inventer des fables, tu ferais mieux de remplir la mission dont Perrette t'a chargé. »

CHAPITRE 11

Princesse Perrette

Lorsqu'elle comprend qu'elle a perdu Antoine, Perrette décide de s'assurer que monsieur Fouquet a bien eu le message. Elle doit donc absolument partir à la recherche de monsieur de La Fontaine. Seulement, il est un peu tard. Car elle a à peine atteint le vestibule qu'un gamin traverse la cour d'honneur en galopant comme un lapin et pénètre dans le château en criant :

– J' les ai vus ! Y-z'arrivent !

La nouvelle court de pièce en pièce, déclenchant la panique parmi les domestiques qui s'égaillent comme une volée de moineaux pour ne laisser que les laquais en livrée. Perrette ne peut plus rester là dans sa simple jupe de campagnarde. Mais où se cacher ? Où aller pour être sûre de ne croiser personne ? À l'étage, dans les chambres !

La voilà donc qui gravit le large escalier sur la pointe des pieds, se retournant sans cesse pour s'assurer que personne ne la suit, regardant vers le haut pour voir si quelqu'un ne va pas surgir tout à coup devant elle. Elle arrive au premier étage sans encombre. Et maintenant ?… Comment trouver la retraite la plus sûre ? Elle court au hasard, ouvre une porte, puis une autre. Les chambres sont immenses, chacune pourrait contenir en entier la maison où habitent sa mère et elle. Des lits à baldaquins trônent un peu partout. Perrette se dit qu'on doit y avoir bien froid l'hiver, mais ce soir la fraîcheur qui règne derrière les murs épais est une bénédiction. La jeune fille s'allonge sur un lit, non sans avoir pris soin de retirer ses chaussures. Ses pensées volent aussitôt vers Antoine. Est-ce possible qu'il soit parti sans avoir cherché à la revoir ? Ce garçon est un mystère. Au début, il s'est montré désagréable avec elle, puis tout a changé quand monsieur de La Fontaine les a rejoints. Les garçons sont décidément très bizarres.

Perrette soupire. Elle a rarement eu une journée aussi mouvementée. Le voyage en charrette, la longue marche en plein soleil, l'apparition d'un garçon beau comme un dieu, la rencontre d'un drôle de poète qui a quarante ans mais semble parfois en avoir vingt… Dans le silence et la fraîcheur de la chambre, la fatigue fond bientôt sur la jeune fille, pèse sur ses paupières… et elle s'endort.

Un brouhaha montant de sous les fenêtres la tire d'un sommeil profond. Mon Dieu ! Combien de temps a passé ainsi ? Au moins deux heures, à en juger par les ombres qui s'étirent sur le tapis. Il doit être huit heures du soir bien sonnées. Qu'ont fait les invités pendant qu'elle dormait ? Ils ont sans doute visité le parc, mais maintenant ils sont tous en bas et elle est prisonnière comme dans une souricière… À moins qu'elle ne trouve une sortie dérobée. Il y a sûrement un escalier réservé aux domestiques. Là, peut-être, cette porte basse à peine visible…

Perrette se lève, s'en approche, tourne le loquet. Elle débouche dans une petite pièce ne contenant que des placards. Elle en ouvre un : il est rempli de robes, de jupes, de corsages et de jupons. Dans un autre, des souliers sont alignés sur une dizaine d'étagères. Dans celui d'à côté sont empilées des boîtes de rubans, de dentelles, de falbalas[1]. Un autre est réservé aux corsets et aux sous-vêtements. Puis il y a des gants, des écharpes de taffetas, des manchons de fourrure et des éventails.

---

1. Bandes d'étoffe froncées ornant les robes.

Elle caresse les fourrures, fait mousser la dentelle, se risque même à essayer une paire de chaussures. Et soudain elle a une idée lumineuse : elle va se déguiser en jeune fille de la bonne société et se glisser parmi les invités !

– Qui êtes-vous donc, mademoiselle, et que faites-vous ici ?

De stupeur, Perrette lâche la jolie robe de couleur tourterelle qu'elle tenait à la main. Elle se retourne. Une femme très belle et très élégante la regarde avec perplexité. Surtout, rester calme et ne pas se démonter si elle ne veut pas passer pour une voleuse.

– Vous êtes sans doute madame Fouquet ? demande-t-elle en s'inclinant avec respect. Perrette Laloy ! Ma mère est marchande à la toilette à la Cour.

– J'en suis bien aise, répond la grande dame d'un ton sec. Vous aurait-elle envoyée pour voir ce qui se porte à Vaux-le-Vicomte ? En ce cas, vous n'aviez qu'à venir me trouver et je vous aurais renseignée. Car je suis en effet la maîtresse de céans. Je suis remontée quelques instants pour faire une recommandation à la personne qui s'occupe de Louis, mon dernier-né. En voyant la porte de ma chambre entrebâillée…

Perrette se maudit d'avoir mal refermé la porte. Elle n'a pas le choix, il lui faut tout expliquer. Elle se lance donc dans un long discours en s'appliquant à s'exprimer dans un beau français : le message, le danger effroyable qui menace le surintendant, la rencontre avec un certain monsieur de La Fontaine, la promesse qu'il a faite de remettre la lettre, l'impossibilité de s'en assurer maintenant que les invités sont arrivés, la nécessité d'avertir de toute urgence monsieur Fouquet de ce qui se trame contre lui…

– Alors j'ai pensé attendre ici un moment propice, conclut-elle. Et en voyant toutes ces splendeurs, je confesse que je n'ai pas résisté au plaisir de les admirer.

Tandis qu'elle parlait, elle a vu les beaux yeux noirs de madame Fouquet s'adoucir peu à peu, puis elle y a lu une inquiétude de plus en plus vive. Et enfin l'épouse du surintendant lui répond d'une voix tremblante :

– Mon Dieu ! Je sais que mon mari a chargé quelques personnes bien placées à la Cour de l'informer de tout ce qui s'y dit à son sujet. Il a besoin de savoir de qui il doit se méfier, comprenez-vous. Mais jamais il n'aurait soupçonné une affaire aussi grave ! J'aimerais croire que les périls annoncés dans ce message sont exagérés, cependant je n'en jurerais pas. Il faut tout de suite avertir le surintendant, il n'y a pas une minute à perdre ! Seulement, je le connais : sans la lettre, il va encore juger que je m'inquiète inutilement. Que faire ? Je pourrais aller trouver monsieur de La Fontaine pour la récupérer, mais il ne faut surtout pas qu'on le voie me remettre un message… Je sais ! Vous attirerez beaucoup moins l'attention que moi… à condition d'être vêtue comme il faut. Certaines de ces tenues appartiennent à Marie, la fille que mon époux a eue d'un premier mariage. Elle est à peu près de votre taille, je suis sûre que ses robes vous iront à la perfection. Je lui glisserai un mot à l'oreille pour qu'elle ne soit pas choquée en vous voyant porter ses vêtements. Quant à vos cheveux, il suffira de les remonter et de les attacher avec un peigne. Bouclés comme ils sont, ils doivent se coiffer aisément.

Perrette ne se tient plus de joie. Madame Fouquet va au-devant de son rêve comme si elle avait lu dans ses pensées. Elle ouvre la bouche pour la remercier, mais la femme du surintendant l'interrompt tout net :

– Ne perdons pas de temps à discourir, c'est trop grave ! Pensez-vous pouvoir vous débrouiller toute seule ?

– Assurément, Madame. Comme je vous l'ai dit, ma mère est marchande à la toilette. Je sais comment ces robes sont faites et ce qu'on doit porter dessous. Soyez tranquille, je retrouverai monsieur de La Fontaine et nous ferons en sorte de remettre la lettre à monsieur Fouquet.

– Merci, oh, merci ! murmure la belle femme brune.

Elle s'enfuit en courant, laissant Perrette totalement stupéfaite. Elle s'est introduite à l'étage des maîtres, elle a fouillé dans les placards, et on lui fait confiance ! Il est vrai que madame Fouquet n'a pas vraiment le choix.

Allons ! Le sort d'un homme est entre ses mains. Elle retire prestement jupe et camisole, attrape deux jupons qu'elle enfile aussi vite que possible sans les déchirer. Maintenant, il lui faut une jupe et un corselet assorti. Elle les choisit dans des tons gris perle et bleus, assez discrets pour ne pas attirer l'attention. Il ne manque plus que la robe, qui est en fait une sorte de manteau ouvert sur le devant. Un bleu plus sombre, comme une nuit d'été, sera parfait. Voilà, cela lui va à merveille. Perrette court dans la chambre pour s'admirer dans le grand miroir en pied. C'est à peine si elle se reconnaît !

Quelques détails encore : des gants parfumés, un éventail… Ah, ne pas oublier les bas et les souliers ! Marie et sa mère doivent avoir les pieds plus petits que les siens, car les chaussures sont toutes un peu trop justes. Tant pis, l'importance de sa mission et la beauté de la fête lui feront oublier ce léger inconvénient. Pour la coiffure, il lui suffit de relever ses cheveux et de les attacher. Un collier ne serait pas superflu, mais impossible de trouver des bijoux. Ce n'est pas si grave, personne ne reprochera à une si jeune fille la simplicité de sa tenue.

Elle se contemple un instant devant le miroir, minaude, donne des coups d'éventail à un insolent imaginaire. Son image l'enchante. Quel dommage qu'Antoine ne soit pas là pour l'admirer !

Il ne lui reste plus qu'à aller sauver la vie du surintendant.

CHAPITRE 12
Le message

Tandis que Perrette dormait profondément, les invités ont regagné le château. Monsieur Fouquet a prévu une visite détaillée, sous la houlette de monsieur Le Brun qui a peint et décoré la demeure. Les plafonds, en particulier, sont extraordinaires. Tandis que le peintre décrit les scènes qu'il y a représentées, toute la Cour se met à marcher la tête renversée en arrière en s'extasiant. Sincères ou non, leurs exclamations émerveillées comblent d'aise le surintendant.

– J'ai ici un grand projet, explique monsieur Le Brun en pointant du doigt la coupole du grand salon. Le soleil en son palais, entouré de ses filles. Un soleil qui aura la forme d'un écureuil, en hommage à Monseigneur.

Monsieur de La Fontaine se trouve trop loin du roi pour observer sa réaction, mais il est un peu inquiet. Est-il bien prudent de rappeler que tout le monde ici appelle monsieur Fouquet « Monseigneur », et de présenter l'écureuil, c'est-à-dire le surintendant, comme le centre du monde, le soleil du palais ? Louis XIV ne devrait-il pas être le seul soleil du royaume de France ? Et les choses ne s'arrangent pas… Un peu plus loin, dans le salon d'Hercule, le demi-dieu célèbre pour son courage et ses exploits, est peint dans toute sa gloire. Monsieur Le Brun n'aurait-il pas dû lui donner les traits de Louis XIV ? Le roi ne commence-t-il pas à penser que son surintendant cherche à lui faire de l'ombre ?

La visite se poursuit, interminable. Monsieur de La Fontaine n'en peut plus de piétiner d'un salon à l'autre, lui qui connaît par cœur chaque tableau, chaque tapisserie, chaque bronze, chaque tapis. De toute façon il est impossible de parler au surintendant au milieu de cette foule, il va donc plutôt partir à la recherche de Perrette et lui avouer qu'il a perdu la lettre. Après quoi, il faudra absolument saisir une occasion d'isoler monsieur Fouquet pour l'avertir du danger.

Le poète ralentit le pas de sorte de se trouver parmi les derniers visiteurs, puis il s'éclipse sur la pointe des pieds et se dirige sans bruit vers l'escalier qui descend aux cuisines. Les fumets qui lui chatouillent les narines lui mettent l'eau à la bouche. Monsieur Vatel est incomparable, cela va être le buffet du siècle.

Un jeune commis croulant sous le poids d'un immense plateau couvert de coupes à champagne regarde ce visiteur insolite d'un air éberlué. Il doit se demander ce que fait ici un invité. Peu importe ! Monsieur de La Fontaine a un truc infaillible pour se sortir des situations délicates : il joue l'étourdi qui s'est perdu ou qui n'a pas compris ce qu'on attendait de lui. Cela lui permet de n'en faire qu'à sa tête sans que personne ne le lui reproche. Malgré tout, il préfère marcher sans bruit pour ne pas attirer l'attention de monsieur Vatel et de ses aides. Il se glisse ainsi de petit office en resserre à fruits à la recherche de Perrette. C'est beaucoup plus amusant que la visite du château !

Soudain, alors qu'il passe devant une porte entrouverte et s'apprête à jeter un regard à l'intérieur de la pièce, il reconnaît Antoine. Il est sur le point d'aller le trouver pour lui demander s'il sait où est la jeune fille, mais quelque chose, dans l'attitude du garçon, l'intrigue. Le jeune aide de cuisine se comporte exactement comme un chat sur le point de chaparder un bon morceau dans une assiette : la tête rentrée dans les épaules comme si cela pouvait le rendre invisible, les oreilles dressées à l'affût du moindre bruit, les gestes furtifs... Perplexe, monsieur de La Fontaine se colle contre le mur en retenant sa respiration, les yeux rivés sur le jeune homme.

Antoine est debout devant une desserte à dessus de marbre, une bougie allumée à la main. Il fait fondre un peu de cire, qu'il laisse couler sur le marbre de façon à pouvoir y fixer la bougie. Il plonge ensuite la main dans la poche de son tablier et en sort avec précaution une feuille de papier pliée. Il la déplie, la regarde un instant, puis l'approche lentement de la flamme.

Alors monsieur de La Fontaine pousse la porte avec fracas et fond sur le jeune homme pour lui arracher la feuille des mains.

– Que... Qu'est-ce... hoquette Antoine.

– D'où vient ce papier ? demande monsieur de La Fontaine en agitant en l'air le document.

– Je ne sais pas, je l'ai trouvé par terre.

– Où cela ? Où l'avez-vous trouvé ?

– Je ne sais plus... Quelque part... bafouille le jeune homme.

– Me direz-vous pourquoi vous voulez le brûler plutôt que chercher à savoir à qui il appartient ?

– Comme cela, sans raison, pour m'amuser...

– Pour vous amuser ! s'esclaffe le poète. Me prenez-vous pour un imbécile ? Sachez que c'est moi qui ai égaré ce papier, et que je suis fort aise de l'avoir retrouvé !

– En ce cas, tout va pour le mieux, réplique Antoine avec insolence.

Il a beau fanfaronner, ses mains tremblent et il est blanc comme un linge.

– Je vois parfaitement clair dans votre jeu ! s'exclame monsieur de La Fontaine. Ne croyez pas que vous allez vous en tirer à si bon compte. Je vais de ce pas parler à monsieur Fouquet, et je gage qu'il saura prendre les décisions qui s'imposent !

Et il quitte la pièce sans se retourner, en faisant claquer bien fort ses talons.

Décidément, un vent de folie souffle aujourd'hui sur Vaux-le-Vicomte. Personne ne se comporte normalement. Le poète en parle tout seul :

– Alors c'était Antoine qui avait pris la lettre sur le banc tandis que je me transformais en chêne... du moins en rêve. Pourquoi aurait-t-il tenté de la détruire, sinon pour empêcher le surintendant d'être averti des dangers qui le guettent ? Cela signifie donc qu'il travaille contre mon ami et protecteur... Peut-être les ennemis de monsieur Fouquet le paient-ils pour l'espionner. Oui, sûrement ! D'ailleurs, j'y pense… Est-ce bien naturel qu'un aide de cuisine sache lire ? Or Antoine doit savoir lire, car je ne peux croire qu'il ait tenté de brûler ce message sans en connaître le contenu, *juste pour s'amuser* ! Il a dû se faire engager par monsieur Vatel pour se glisser dans la place. Il faut sans tarder avertir le surintendant. Si jamais cette menace d'empoisonnement est réelle…

Monsieur de La Fontaine a soudain une idée. Puisque la lettre a été décachetée, il peut bien lire le message. Il s'approche d'un soupirail pour y voir plus clair et se penche sur le papier. Au fur et à mesure de sa lecture, il roule des yeux de plus en plus effarés. Il n'y a pas là le moindre avertissement, mais des vers dont il est l'auteur !

Je n'ai jamais chanté que l'ombrage des bois,
Flore, Écho, les Zéphyrs et leurs molles haleines,
Le vert tapis des prés et l'argent des fontaines.

C'est le début d'*Adonis*, un long poème qu'il a écrit trois ans plus tôt pour monsieur Fouquet !

CHAPITRE 13
Perrette se fâche

Galantines et petits pâtés, tourtes, carpes, brochets, crabes et buissons d'écrevisses, poulets, grives et ortolans, omelettes d'asperges, œufs au jus de perdreau, et avec cela toutes sortes de légumes magnifiquement accommodés…

Monsieur de La Fontaine ne sait où donner de la tête… et des doigts. Car il ne s'est jamais habitué à manier la fourchette. Ce laisser-aller n'est pas du goût du raffiné surintendant, mais c'est sans importance puisque le roi fait de même.

Et Dieu sait que le roi s'empiffre ! Un de ses médecins prétend qu'il a deux estomacs. Toujours est-il qu'il a un appétit d'ogre.

Un instant, en le voyant de loin engloutir un énorme morceau de pintade en gelée, monsieur de La Fontaine l'imagine transformé en loup. Bien vêtu et de belle apparence, certes, mais un loup reste un loup…

– Peut-on savoir ce qui vous fait sourire ? murmure une voix près de lui.

– Monsieur Molière ! La prudence veut qu'on garde secrètes certaines pensées. En présence des grands du royaume, la sincérité est aussi dangereuse que la flatterie, et je pense pour ma part que le silence est d'or. Pour vous, bien sûr, les choses sont différentes, puisque vous avez tout loisir de vous exprimer à travers vos comédies.

– J'admets que c'est une chance. Sauf lorsqu'on a deux semaines pour créer et monter une pièce, en y intégrant en outre des ballets pour lesquels on n'a pas assez de danseurs. Mais je crois m'être assez bien tiré de l'aventure. Espérons que le résultat plaira au roi.

– Vous savez sans nul doute qu'il vous apprécie beaucoup.

– Tout au moins quand il est de bonne humeur… Est-ce le cas ce soir ? Je n'en jurerais pas.

– Pour quelle raison serait-il irrité alors qu'il est reçu… j'allais dire *comme un roi* ?

Monsieur Molière rit de bon cœur.

– Tout à l'heure, explique-t-il ensuite, il a montré au surintendant un plat très orné et lui a fait remarquer que le vermeil en était magnifique. S'étant entendu répondre que ce n'était pas du vermeil mais de l'or, il a répliqué d'un air sombre que le Louvre[1] n'avait rien d'aussi beau.

– Vous pensez que le luxe de cette fête risque de l'indisposer ? J'en ai moi aussi un peu peur. Il me semble que le surintendant joue avec le feu.

– Puisse-t-il savoir l'éteindre ! Maintenant, ne m'en veuillez pas, je dois aller vérifier certains détails avec mes comédiens.

– Faites, monsieur Molière. Je vous envie d'avoir une bonne raison d'aller respirer dehors. Croyez-vous que l'orage va éclater ?

– Plût à Dieu qu'il vienne du ciel et non de Sa Majesté ! lance le dramaturge avant de disparaître.

Monsieur de La Fontaine n'est pas le seul à transpirer à grosses gouttes. Les vingt-quatre violonistes qui égaient la soirée sous la baguette de monsieur Lully ont les joues bien rouges. Quant au surintendant, qui veille à chaque seconde au bien-être du roi, ses yeux noirs brillent comme s'il avait la fièvre. Encore une de ces attaques du paludisme[2] qu'il a attrapé il y a trois ans, rien de plus. Depuis qu'il

---

1. Avec Fontainebleau, le Louvre était à cette époque une des deux résidences royales (voir « Louis XIV et Versailles », p. 153).

2. Maladie transmise par la piqûre d'un moustique infecté et se manifestant, entre autres, par de fortes fièvres.

a lu ce message ridicule, monsieur de La Fontaine n'est plus le moins du monde inquiet. Il n'a d'ailleurs jamais vraiment cru à cette histoire d'empoisonnement. Il faudra bien sûr régler le cas d'Antoine, mais cela ne lui semble plus aussi urgent.

Madame Fouquet parvient à se faufiler jusqu'à son mari et lui glisse quelques mots à l'oreille. Il l'écoute à peine, puis il a un geste agacé de la main comme pour signifier que c'est sans importance. Décidément, il est bien nerveux ce soir. Ce n'est pas le moment de lui remettre ce message sans queue ni tête !

Le poète grimace et soupire. Quelqu'un vient de lui écraser les pieds ! Il a toujours détesté la foule. Il attrape quelques friandises et se dirige à nouveau discrètement vers l'escalier qui conduit aux cuisines. Il veut tout de même parler à Perrette, lui montrer le papier afin de décider avec elle de ce qu'il faut faire maintenant.

Hélas ! il a beau explorer les pièces de fond en comble, il n'aperçoit pas l'ombre de la jeune fille. Découragé, il regagne le rez-de-chaussée. À la recherche d'un endroit frais, il traverse rapidement le salon d'Hercule et la chambre des Muses pour se réfugier dans le cabinet des jeux. La foule y est un peu moins compacte, et les deux fenêtres d'angle créent un léger courant d'air. Ouf !

– Où en êtes-vous de nos affaires, monsieur de La Fontaine ?

Il sursaute. De quelles affaires peut bien vouloir parler cette jolie jeune femme ? Va-t-il devoir encore échanger des paroles insipides, alors qu'il ne rêve que de somnoler sous les arbres, dans la fraîcheur du parc, sa mission de messager accomplie ?

Mais quelque chose de familier le frappe. Les yeux malicieux… la bouche espiègle… le teint de lys… C'est Perrette !

– Dieu du ciel ! s'exclame-t-il. Je ne vous aurais jamais reconnue ! Que faites-vous dans cette tenue ?

– Chut… Soyons discrets, je vous en prie. C'est madame Fouquet elle-même qui m'a autorisée à me déguiser. Cela m'a amusée au début, mais je commence à regretter ma vieille jupe et mes souliers plats. Que cette tenue est inconfortable ! D'un autre côté, je n'ai jamais dégusté d'aussi bonnes choses que ce soir.

– En effet, approuve le poète avec enthousiasme. Avez-vous goûté à cette délicieuse crème fouettée avec du sucre[1], légère comme un nuage et succulente comme un sucre d'orge ? Il paraît que c'est une toute nouvelle création de monsieur Vatel.

---

1. Elle prit plus tard le nom de crème Chantilly.

– Et la lettre ? le coupe Perrette avec une soudaine impatience. L'avez-vous bien remise à qui vous savez ?

– La lettre ? répète monsieur de La Fontaine en s'efforçant de prendre un ton insouciant. Je l'ai retrouvée.

– Comment ça, retrouvée ? Ne me dites pas que vous l'aviez perdue ! Les bras m'en tombent !

Elle semble vraiment fâchée.

– Eh bien… bafouille-t-il, disons que j'ai cru un moment l'avoir égarée. Mais je vous rassure, je l'ai toujours et je vais la donner au surintendant dès que je pourrai lui parler seul à seul.

Les yeux de Perrette lancent des éclairs et ses boucles s'agitent dans tous les sens.

– Vous ne la lui avez pas encore donnée ? Enfin, Monsieur, vous m'aviez promis ! Vous savez que le surintendant est menacé d'empoisonnement, il mange et boit depuis au moins une demi-heure, et vous êtes là, tout tranquille, à me raconter que vous aviez perdu la lettre et que vous la lui donnerez bientôt. Quand donc ? Demain matin ? Dans une semaine ?

– C'est que j'estime le danger écarté. Figurez-vous…

– Ah oui ? D'où tenez-vous donc que le danger est

écarté ? Il *faut* lui donner cette lettre *immédiatement*, c'est très urgent !

– D'accord, venez avec moi, chuchote monsieur de La Fontaine.

Tout en s'assurant que personne ne les observe, il entraîne la jeune fille vers le coin le plus sombre. Là, tournant le dos à la pièce, il sort le poème de sa manche.

– Il s'agit bien de ce papier, n'est-ce pas ? demande-t-il.

– Vous devez le savoir mieux que moi puisque c'est vous qui l'avez décacheté ! proteste Perrette. De quel droit, d'ailleurs ?

Doit-il absolument lui raconter que le billet a été volé par Antoine, que ce jeune homme est sans aucun doute un espion et qu'il était sur le point de brûler le message ? Pourquoi lui infliger une telle déception ? Et puis cela l'obligerait à avouer qu'il s'est endormi sur son banc…

– Ne vous fâchez pas, je vous en prie, dit-il simplement. Il n'y a là que le début d'un poème que j'ai écrit, et pas la moindre menace d'assassinat. Écoutez plutôt : *Je n'ai jamais chanté que l'ombrage des bois, Flore, Écho, les Zéphyrs et leurs molles haleines, Le vert tapis des prés…*

– C'est bon, inutile de lire jusqu'au bout. C'est invraisemblable, je n'arrive pas à comprendre…

Puis, soudain, Perrette ouvre grand la bouche et regarde le poète avec des yeux écarquillés.

– Et si c'était un langage codé mis au point par monsieur Fouquet pour les espions qu'il a placés à la Cour ? chuchote-t-elle en jetant des regards inquiets autour d'elle.

– Un langage codé ? Non, non, je ne peux croire à pareille chose. Si c'était le cas, monsieur Fouquet serait déjà mort ou au moins très malade. D'un autre côté… Les assassins ont peut-être l'intention d'attendre la fin du souper… Ce serait d'autant plus horrible que je me sentirais responsable.

– Attendez, attendez… le calme Perrette. J'ai parlé à madame Fouquet du danger qui menace son mari. Et, tout à l'heure, je l'ai vue murmurer quelques mots à son oreille d'un air tourmenté.

– En effet, je l'ai vue moi aussi.

– Elle l'a sûrement averti. Il a paru agacé, mais au moins il est prévenu, c'est l'essentiel. Rien ne dit que la lettre le convaincrait davantage. Il n'empêche qu'il faut la lui remettre.

– Bien entendu. Je m'en charge, vous pouvez compter sur moi.

– Je commence à en douter, dit Perrette en le regardant sévèrement.

– Je vous assure que j'ai fait tout ce que j'ai pu. Admettez qu'il n'est pas facile de parler à monsieur Fouquet alors qu'il ne quitte pas le roi. De toute façon, si madame Fouquet l'a déjà averti…

– Ah, ne recommencez pas, je vous en prie ! Ou alors rendez-moi le papier.

– Mais non, mais non, vous dis-je. Ne vous tracassez pas, mademoiselle Perrette.

– Justement si, je me tracasse. Et même beaucoup !

Avec un petit signe rassurant de la main, monsieur de La Fontaine la quitte et se dirige vers le grand salon. Cette jeune fille est charmante, mais elle commence à le fatiguer avec son message, ses codes secrets et ses empoisonnements.

CHAPITRE 14

La clé de l'énigme

Chaque plat qui se vide est remplacé par un nouveau bien garni. Monsieur de La Fontaine, qui a mangé à satiété, regarde cette profusion avec angoisse. Jusqu'à quelle heure cela va-t-il durer ? Il ne croit guère à cette histoire de langage codé et d'empoisonnement, cependant il a fait une promesse à Perrette, et il la tiendra. Hélas ! malgré tous ses efforts il n'a toujours pas réussi à aborder discrètement le surintendant. Il doute de pouvoir le faire avant le spectacle. Là en revanche, dans la pénombre des jardins, lorsque le roi sera trop occupé à rire de la comédie pour prêter attention à leur conciliabule, il aura ses chances. En attendant, il faut sourire à l'un, trouver une répartie amusante à dire à l'autre, passer du coq à l'âne avec esprit… et surtout transpirer.

Il est déjà près de onze heures et demie quand enfin monsieur Fouquet et son royal invité se mettent en marche en direction de la terrasse. Le poète s'empresse de suivre le mouvement. Il doit à tout prix rester en tête de la nuée des courtisans s'il veut se trouver à proximité du surintendant.

La comédie-ballet se joue dans un bel écrin de verdure entouré de jets d'eau, où les délicieux effluves de la nature couvrent enfin les odeurs envahissantes de parfums, de poudres à cheveux… et de transpiration. Monsieur de La Fontaine en oublie presque ce satané message qui lui a plus ou moins gâché la soirée. Il apprécie beaucoup monsieur Molière. Cet homme n'a pas son pareil pour rendre comiques les petits et grands défauts de l'espèce humaine. Ce soir, il a choisi de présenter des portraits de ceux qu'il appelle les « fâcheux », autrement dit les raseurs, les indiscrets, les pots de colle et autres empêcheurs de tourner en rond. Il n'a pas dû avoir du mal à trouver des modèles !

Le spectacle commence par l'apparition d'une naïade qui surgit d'une coquille pour prononcer un éloge du roi, de ses innombrables qualités et de toutes les grandes choses qu'il a réalisées. Puis monsieur Lully fait naître de l'orchestre une musique étincelante tandis que des danseurs surgissent des arbres pour le premier ballet. Et les scènes alternent ensuite avec la danse, déclenchant rires et applaudissements.

Le roi semble beaucoup s'amuser. Monsieur de La Fontaine également. Lui qui est incapable de danser, il se demande comment des hommes et des femmes peuvent être aussi agiles. Quant à jouer la comédie, il aime trop le naturel pour s'y adonner. Monsieur Molière, lui, peut jouer tous les rôles, bien malin qui le reconnaîtrait sous ses divers déguisements. Les décors, dessinés par monsieur Le Brun et équipés de machineries imaginées par monsieur Torelli, sont féeriques. Tout près, sur le grand canal, des gondoles dorées glissent lentement comme sur de la soie. Derrière les spectateurs, des lanternes posées sur les corniches du château en dessinent les contours et donnent l'impression que le bâtiment est en feu. Les cascades elles-mêmes sont éclairées par des lampes parfaitement dissimulées. Entre les différentes scènes, des elfes sortent de derrière les arbres et viennent en dansant offrir des diamants aux dames. On est comme transporté au paradis. « Jamais, songe le poète, Vaux-le-Vicomte n'a été si beau… »

Mais dès qu'il fait le moindre mouvement, il perçoit le craquement du papier dans sa manche. Et à chaque instant il croit entendre à son oreille la voix pleine de reproches de Perrette… Quand va-t-il pouvoir se débarrasser de ce maudit papier ?

Ah, enfin ! Le maître de céans – qui n'a pas du tout le teint verdâtre de quelqu'un qui aurait avalé du poison – vient de murmurer quelques paroles à l'oreille de son épouse, assise comme lui et les hôtes royaux au premier rang, puis il se lève et disparaît dans l'ombre. Peut-être a-t-il un mot à dire en coulisses à monsieur Molière ? À moins qu'il ne soit repris d'un accès de fièvre. En tout cas, il faut saisir la balle au bond. Monsieur de La Fontaine s'empresse de s'éclipser. C'est le moment ou jamais !

– Monseigneur, chuchote-t-il dès qu'il a rejoint le surintendant, j'ai une lettre d'une extrême importance à vous remettre.

– Je suis déjà au courant, mon épouse m'en a parlé. Mais elle n'a pas su me dire qui l'a écrite.

– Je l'ignore, mais elle vient de Fontainebleau et on m'a recommandé de vous la faire parvenir au plus vite. Seulement voilà, ce n'est pas exactement une lettre. Ce n'est en fait qu'une feuille de papier portant pour tout texte des vers de mon *Adonis*. Je gage que vous saurez interpréter la chose. Quant à moi…

– Faites voir ! ordonne le surintendant.

Non sans s'être assuré que personne ne l'a suivi,

le poète sort le papier de sa manche. Il ne fait pas assez clair pour déchiffrer les lignes, mais il connaît son poème par cœur.

– *Je n'ai jamais chanté que l'ombrage des bois*, récite-t-il tandis que le surintendant jette un bref regard sur le papier. *Flore, Écho, les Zéphyrs et leurs molles…*

– C'est bon, le coupe monsieur Fouquet. Suivez-moi…

Et voilà les deux hommes filant d'un pas rapide vers ce qui tient lieu de coulisses, derrière une haie d'ifs. Il y a là un fouillis de déguisements abandonnés sur des chaises, de grands sacs béants, une table sur laquelle sont posés un chandelier, une carafe d'eau et quelques gobelets, des fards et un miroir. Le surintendant s'empare d'une bougie et l'approche du papier, tout comme Antoine l'a fait un peu plus tôt dans le secret des cuisines. Il maintient la flamme sous la feuille, à une distance d'environ deux pouces[1].

– Observez bien ce qui va se passer, dit-il.

Et, devant le regard médusé de monsieur de La Fontaine, un autre texte apparaît dans les espaces qui séparent les vers du poème. Voici ce qu'on peut alors lire :

1. Environ 5,4 centimètres (1 pouce = environ 2,7 centimètres.)

Je n'ai jamais chanté que l'ombrage des bois,
La couleuvre s'est juré de vous éliminer.
Flore, Écho, les Zéphyrs et leurs molles haleines,
Elle est prête, s'il le faut, à vous empoisonner.
Le vert tapis des prés et l'argent des fontaines.
Faites en sorte, ce soir, de ne boire ni manger.

– Diantre ! s'exclame monsieur de La Fontaine. Une encre magique !

– Du simple jus de citron, commente le surintendant. C'est sous cette forme que me parviennent les messages des amis que j'ai à la Cour. Grâce à cette apparence innocente, il importe peu qu'ils tombent entre des mains ennemies.

Le poète n'en revient pas. Perrette avait donc raison ! Mais alors cela signifie que le danger était bien réel. Quel imprudent il a été de tant tarder à remettre le message ! L'idée que le surintendant aurait pu mourir par sa faute le bouleverse.

– C'est extrêmement astucieux, répond-il en s'efforçant de ne pas montrer son émotion. Et ce message est très alarmant. Êtes-vous bien certain…

– Qu'on ne m'a pas empoisonné ? le coupe le surintendant. Il est bien temps de vous en inquiéter ! Si ce message disait vrai, je serais déjà mort…

Qu'en pensez-vous, mon ami ? Ai-je l'air d'être mort ?

– Certes non, mais si vraiment monsieur Colbert a décidé votre perte…

– Eh bien quoi ? Ce n'est guère nouveau. Depuis le décès du cardinal Mazarin, qui m'appréciait beaucoup, il ne cesse de me critiquer auprès de Sa Majesté. Mais j'ai la faveur de la reine mère, et celle-ci a encore de l'influence sur son fils. En cas de catastrophe, d'ailleurs, je pourrais toujours me réfugier à Belle-Île, où j'ai une forteresse bien défendue et des hommes prêts à mourir pour moi. Cependant, les choses n'iront pas jusque-là, soyez tranquille. Quant à cette histoire d'empoisonnement… Qui oserait assassiner un surintendant, qui plus est en présence du roi ?

– Il est vrai que cela semble improbable, admet monsieur de La Fontaine soulagé. Mais il y a autre chose… Quelque chose dont madame Fouquet n'a pu vous informer, car elle l'ignore.

– Quoi donc ?

– J'ai surpris une scène…

Le poète ne sait comment parler d'Antoine sans avouer qu'il s'est endormi sur un banc et s'est fait voler un message d'une telle importance.

– Peu importent les détails, abrège-t-il. J'ai la preuve qu'un des jeunes gens engagés par monsieur

Vatel n'est qu'un espion, probablement placé auprès de vous par monsieur Colbert.

– Il n'y a là rien d'étonnant. Les préparatifs de la fête étaient une trop belle occasion de glisser un mouchard parmi le personnel. Mais je vous rassure, mon ami, votre espion n'aura rien découvert d'important. Je ne me confie à personne et tous mes papiers sont sous clé. Néanmoins, je serai ravi de montrer à monsieur Colbert que je ne suis pas dupe de ses manigances. Donnez-moi le nom du jeune homme et je vais le faire jeter dehors au plus vite.

– Il s'appelle Antoine, il est aide de cuisine.

– Parfait, je vais parler à monsieur Vatel sans attendre. Croyez-moi, ce jeune homme va regretter d'être venu à Vaux-le-Vicomte… Avez-vous d'autres mauvaises nouvelles en réserve ?

– Non, heureusement. Mais je suis tout de même un peu inquiet. Ne craignez-vous pas que cette fête somptueuse éveille la jalousie du roi ?

– Ta-ta-ta ! J'ai plus d'un tour dans mon sac. En admettant que le luxe de cette soirée irrite notre monarque, je sais comment apaiser son courroux. Tenez-vous à proximité de moi au moment du départ, mon ami, et vous comprendrez ce que j'ai en tête.

CHAPITRE 15
Désillusion

Voilà ! les Gardes suisses ont chassé tous les fâcheux. Des danseurs déguisés en bergers et en bergères accourent pour une dernière danse, et le roi donne enfin le signal des applaudissements. Perrette n'est pas mécontente que cela se termine. Bien sûr, elle a d'abord été émerveillée par la beauté du décor, la gaieté de la musique et la grâce des danseurs, mais le spectacle lui a semblé durer des heures. Et pourquoi les acteurs se croient-ils obligés de parler de façon aussi ridicule ? On dirait qu'ils ont jeté des mots dans un chapeau puis les ont tirés au sort pour savoir dans quel ordre les mettre. *C'est une question à vider difficile… Je me suis, à courir, presque mis hors d'haleine…* Ils ne pourraient donc pas parler comme tout le monde ?

Perrette ne veut pas se l'avouer, mais cette soirée l'amuse de moins en moins. À quoi bon se pavaner dans une belle robe, puisque Antoine n'est pas là pour la regarder ? Si encore elle n'avait pas si mal aux pieds... Et puis il faut absolument qu'elle parte à la recherche de ce monsieur de La Fontaine. Il est très gentil et même assez amusant, mais on ne peut pas compter sur lui. Non seulement il n'a pas remis la lettre à monsieur Fouquet, mais il l'a perdue... ou peut-être pas... En tout cas, il l'a retrouvée, puis il l'a décachetée alors qu'elle ne lui était pas destinée... Toujours est-il qu'il a entre les mains un papier sur lesquels sont écrits des vers dont il est l'auteur, et qu'il n'est pas absolument certain que ce papier soit le fameux message. Plus elle y pense, plus Perrette se demande si ce poète a bien toute sa tête. Il a promis de remettre le papier à madame Fouquet, mais peut-on se fier aux promesses d'un homme aussi changeant ?

Il est vrai que le surintendant semble avoir toujours bon pied bon œil. Si quelqu'un a essayé de l'empoisonner, son plan a échoué. Qui sait, cependant, si ces trois vers ne dissimulent pas une autre information importante ?

Le troupeau des courtisans s'est maintenant remis en marche.

– Je me suis laissé dire que nous aurions un feu

d'artifice, déclare une jeune femme au décolleté vertigineux.

Perrette doit se retenir pour ne pas éclater de rire. *Je me suis laissé dire...* Décidément, parler bizarrement est contagieux !

Personne n'ayant l'air de savoir d'où va être tiré le feu d'artifice, les invités se répandent dans les jardins. La jeune fille se sent un peu perdue. Où aller pour en profiter le mieux possible ? Où a-t-elle le plus de chances de retrouver monsieur de La Fontaine ? Finalement, elle décide de retirer ses maudites chaussures et de marcher dans l'herbe, et son moral remonte aussitôt en flèche.

La beauté du spectacle achève de lui faire oublier ses soucis. Les trompettes de monsieur Lully se mettent à jouer des musiques triomphantes tandis que des fusées de toutes les couleurs jaillissent de partout à la fois, embrasent le ciel et retombent en formant des multitudes de figures. Des fleurs de lys, bien sûr, mais aussi des étoiles, et d'autres dessins moins facilement reconnaissables mais d'une incroyable finesse. Le long du canal, des gerbes lumineuses montent tels de gigantesques bouquets de fleurs. Des soleils s'élancent vers le ciel en tournoyant sur eux-mêmes. Une baleine s'avance sur le canal, crachant elle aussi des étincelles qui vont rejoindre les autres, et toutes ensemble elles illuminent le firmament comme un feu céleste. Des fusées éclatent au ras de l'eau, libèrent des serpentins de lumière qui courent en tous sens. Même les cascades paraissent incandescentes. Les invités sont éclairés presque comme en plein jour, et les lueurs colorées qui se reflètent dans leurs yeux leur donnent une apparence irréelle. Torelli mérite bien son surnom de « Grand Sorcier » !

– Vous, enfin ! J'ai eu grand-peine à vous retrouver.

Perrette sursaute, se tourne vers l'homme qui vient de parler tout près de son oreille. Monsieur de La Fontaine ! Quelle mauvaise nouvelle vient-il encore lui annoncer ?

– Alors ? demande-t-elle. Avez-vous donné le message ?

Il la regarde sans paraître comprendre sa question.

– Donné le message avez-vous ? insiste-t-elle exaspérée.

Peut-être comprendra-t-il mieux ainsi ? Après tout, il appartient lui aussi à ce drôle de monde qui ne peut rien faire simplement.

Il secoue la tête et porte une main vers son oreille. Alors Perrette réalise que ce n'est pas sa façon de parler qui est en cause, mais le vacarme des fusées et des trompettes. D'un commun accord, tous deux s'éloignent et gagnent l'abri des arbres où ils pourront crier à leur aise.

– Quel bruit ! proteste le poète en articulant comme un acteur pour qu'elle le comprenne bien. J'ai bien peur qu'ils ne réveillent Neptune qui est endormi au fond du canal...

Neptune ? Qui peut bien être cette créature assez bizarre pour dormir au fond de l'eau ? La jeune fille soupire, attendant la suite.

– Bon, revenons à notre affaire, reprend le poète. J'ai parlé à monsieur Fouquet, et j'ai maintenant l'explication du mystère. Mes vers n'étaient là que pour donner au message une allure innocente. Entre les lignes, d'autres phrases avaient été écrites avec une plume trempée dans du jus de citron...

– Dans quoi ? le coupe Perrette.

Ou ses oreilles lui jouent des tours, ou son interlocuteur n'a décidément pas toute sa tête. Ce n'est d'ailleurs pas très étonnant. Un homme qui tient de longs discours sur les fourmis, qui pense avoir un fils mais ne paraît pas en être tout à fait sûr, qui imagine des histoires invraisemblables de vendeur de peau d'ours, et qui gagne sa vie en écrivant un vers de temps à autre… Comment un tel homme pourrait-il être absolument normal ?

– Dans du jus de citron, s'obstine-t-il. À la chaleur d'une flamme, le jus de citron fonce et les lettres apparaissent. Vous ne vous étiez pas trompée, le message recommandait la plus grande prudence au surintendant et évoquait un risque d'empoisonnement.

– Qui n'a pas eu lieu, Dieu soit loué, puisque monsieur Fouquet est toujours debout.

– Mais il y a autre chose que vous devez savoir, jeune fille, poursuit monsieur de La Fontaine. J'ai longuement hésité à vous en parler, et je pense finalement que vous devez être informée. C'est au sujet d'Antoine.

Perrette est soudain beaucoup plus disposée à l'écouter.

– Antoine ? Vous l'avez vu ?

– Non seulement je l'ai vu, mais je l'ai démasqué !

– Démasqué ? Qu'est-ce que vous me chantez là ?

– Antoine m'avait volé la lettre. Je l'ai surpris au moment où il s'apprêtait à la lire après avoir chauffé le papier à la flamme d'une bougie, ce qui prouve qu'il savait qu'elle contenait un message secret. Ce beau garçon est donc un espion placé ici par monsieur

Colbert pour le renseigner au sujet du surintendant. Qui sait même si on ne l'avait pas chargé d'empoisonner monsieur Fouquet ? Travaillant aux cuisines, il était au meilleur endroit pour cela. J'ai bien réfléchi aux événements de cet après-midi. Il a probablement soupçonné que vous n'étiez pas venue de Fontainebleau uniquement pour livrer une robe à madame Fouquet. Après nous avoir quittés, il n'est pas retourné au château mais est revenu discrètement se cacher dans les fourrés pour écouter notre conversation. Il vous a entendue me confier la fameuse lettre, et il a profité de ce que je m'étais légèrement assoupi pour me la voler.

Perrette aimerait croire que l'imagination du poète lui joue encore des tours. Mais Antoine aurait-il volé la lettre s'il n'était pas de mèche avec monsieur Colbert ? Voilà pourquoi il n'avait pas envie de retourner travailler pour monsieur Vatel ! Ce n'est pas un cuisinier, mais un espion !

– Vous en êtes certain ? demande-t-elle pour la forme.

– Il n'y a guère de doute. J'ai dû avertir monsieur Fouquet, et il va faire chasser ce misérable. Soyez tranquille, vous ne le reverrez pas !

Les larmes montent aux yeux de la jeune fille,

des larmes de tristesse mais aussi de colère. Comment a-t-elle pu être aussi naïve ? Au début, quand elle a retrouvé Antoine dans le parc, il s'est montré très désagréable avec elle. Puis, après avoir appris qu'elle s'appelait Perrette Laloy, qu'elle venait de Fontainebleau et que sa mère espérait une importante rentrée d'argent, il s'est mis à lui faire du charme. Sans doute connaît-il les noms des personnes qui renseignent le surintendant. Il a deviné que Perrette était envoyée par sa mère, que celle-ci était grassement payée pour ses services par monsieur Fouquet, et qu'elle escomptait obtenir bientôt une importante récompense. Alors il s'est promis de découvrir ce que la jeune fille était réellement venue faire à Vaux-le-Vicomte.

– Jamais je n'aurais pensé… dit-elle enfin. Il inspirait pourtant confiance.

– Avec les années, vous apprendrez rapidement qu'il ne faut jamais juger les gens sur la mine. Imaginez un souriceau qui rencontrerait un chat pour la première fois. Il pourrait le trouver aimable et doux, le prendre pour un cousin sous prétexte qu'ils ont tous les deux des oreilles pointues. Pourtant…

Voilà qu'il recommence ! Perrette est fatiguée de ses histoires.

– Vous avez bien fait de me parler, le coupe-t-elle. Je suis furieuse d'avoir été aussi stupide, mais au moins me voilà guérie.

– Vous n'avez pas été stupide, rectifie monsieur de La Fontaine. Vous avez juste confondu votre rêve et la réalité. Plutôt que penser à ce que vous achèteriez avec le prix de votre pot de lait, vous auriez dû vous assurer qu'il était bien en équilibre sur votre tête.

Perrette se détourne pour qu'il ne la voie pas lever les yeux au ciel. Quelle est maintenant cette histoire de pot de lait en équilibre sur sa tête ? Elle n'a aucune envie d'en entendre davantage. Elle est très malheureuse, elle a horriblement mal aux pieds, monsieur Fouquet a eu sa lettre et il est bien vivant. Elle n'a plus qu'un désir : rentrer à Fontainebleau.

CHAPITRE 16
La fête est finie

Il est près de deux heures du matin. Le roi aussi semble maintenant impatient de partir. Lorsque les dernières fusées embrasent le dôme du château, il est déjà en train de se diriger vers la terrasse. Les musiciens l'ont précédé au salon et accueillent son retour avec des mélodies douces, si belles qu'il s'arrête un moment pour les écouter. Des fruits ont été disposés sur les plats de vermeil pour un dernier rafraîchissement. Une attention qui est très appréciée, car l'orage paraît imminent. Il ne pleut pas encore, mais la chaleur pèse sur les invités fatigués, des éclairs zèbrent le ciel et le tonnerre roule autour du château.

Perrette, heureusement, a pensé à tout. Au cours de la soirée, elle a quitté la fête un moment pour courir aux écuries et demander à un des cochers de la laisser monter à côté de lui quand les voitures repartiraient. Elle en a choisi un que sa mère connaît bien, cependant elle a dû insister, promettre d'offrir des rubans à sa jeune épouse, jurer de se faire aussi discrète qu'une petite souris… De ce côté-là, donc, l'affaire est réglée. Mais elle doit également monter se changer.

Tandis que le roi et ses proches se délectent de fruits rares et succulents, elle court à l'étage, se glisse dans la petite pièce qui sert de garde-robe, retire ses vêtements de princesse pour enfiler sa camisole et sa vieille jupe. Elle songe avec mélancolie qu'elle n'aura sans doute plus jamais l'occasion de s'habiller de la sorte. Pour ce qui est des chaussures, en revanche, elle est bien contente de retrouver les siennes !

Elle redescend quatre à quatre. Comme il est agréable de courir le pied léger, sans craindre de déchirer sa robe ! Elle arrive juste au moment des adieux. Un peu en retrait, mais pas très loin du surintendant et de son épouse, elle aperçoit monsieur de La Fontaine. Elle court vers lui. Il se montre parfois très agaçant, mais il a été adorable avec elle et a tout de même fini par tenir sa promesse de remettre le message. Elle veut absolument le remercier et lui faire ses adieux.

– Monsieur, je vais partir et je…

– Chut ! murmure-t-il, un doigt sur la bouche.

D'un mouvement de la tête, il lui montre le roi qui s'apprête à saluer ses hôtes. Tout le monde fait silence. Perrette n'arrive malheureusement à grappiller que quelques mots, et entend à peine le roi qui lui tourne le dos.

– Sire… à vous… honneur… dit le surintendant.

– …, répond le roi.

– Qu'ont-ils dit ? chuchote-t-elle.

– Je crois bien que monsieur Fouquet a offert son château à Sa Majesté, répond le poète. Telle était donc sa grande idée pour apaiser le courroux royal. Quelle générosité ! Il sait se comporter en grand seigneur, c'est décidément un homme remarquable. Espérons toutefois que le roi ne prendra pas ombrage de ses largesses.

Perrette ne comprend pas ce qui pourrait contrarier le roi. D'ailleurs, monsieur de La Fontaine a dû mal entendre, le surintendant ne peut tout de même pas avoir offert son château à Sa Majesté ! Peu importe, elle n'a pas de temps à perdre. Elle expédie ses adieux au poète et se faufile discrètement dans la cour.

Les voitures ont été avancées. Les laquais s'activent, descendent les marchepieds, ouvrent les portières, vérifient que les banquettes sont impeccables.

Les chevaux piaffent d'impatience. L'orage gronde toujours alentour, un orage sans pluie qui n'en est que plus étouffant. Les courtisans se sont remis à jacasser.

– Est-ce possible ?

– C'est affreux !

– Quoi ? Qu'est-il donc arrivé ?

– Deux des chevaux du carrosse de la reine mère, effrayés par le tonnerre, se sont cabrés si violemment qu'ils ont perdu la vie en retombant à terre.

– Mon Dieu ! Espérons que ce n'est pas un mauvais présage !

– Un mauvais présage de quoi ?

– Comment le saurais-je, ma chère ?

Un laquais referme la porte du carrosse royal. Des ordres claquent, les six chevaux blancs s'ébranlent, les roues grincent, les mousquetaires et les Gardes françaises se mettent en marche. Les autres voitures sont amenées l'une après l'autre. C'est l'effervescence du départ, les remerciements, les adieux, les commentaires qui s'achèvent sur des bâillements de fatigue. Perrette repère la voiture qui va la ramener à Fontainebleau, court vite grimper à côté du cocher. Le voyage sera inconfortable, mais cela lui est égal. Elle pense avec délice à son lit, où elle pourra se remémorer les beaux moments de cette journée extraordinaire, et rêver qu'Antoine ne lui a pas menti, qu'il n'était pas un espion, qu'elle le reverra… Monsieur de La Fontaine a beau dire, il fait bon rêver.

CHAPITRE 17
L'orage

Vingt jours exactement se sont écoulés depuis la fête. Vingt jours durant lesquels monsieur de La Fontaine a souvent revécu par l'imagination la soirée féerique de Vaux-le-Vicomte. Tout a été parfait, si parfait que cela semblait irréel. Lorsque les invités se sont évaporés dans le silence et la nuit, le surintendant était heureux. Il se moquait bien des craintes de son entourage et du message d'avertissement reçu dans la soirée. Après une telle réception, cette couleuvre de Colbert pourrait toujours murmurer ses calomnies à l'oreille du roi, celui-ci refuserait de l'écouter.

La magie de la fête a eu sur le poète un effet étonnant. Lui qui préfère le loisir au travail, qui a tendance à remettre au lendemain ce qu'il devrait faire sans tarder, il a passé des heures la plume à la main. En cinq jours, il a achevé *Le Songe de Vaux* qui depuis si longtemps progressait à pas de tortue.

Il est assez satisfait du résultat, et le surintendant également.

Mais l'orage qui tournait autour du château lors de cette nuit enchanteresse n'a pas dit son dernier mot. S'il a paru s'éloigner, ce n'était que pour revenir se déchaîner et, cette fois, tout emporter sur son passage. Le 6 septembre, alors qu'il songe encore à cette inoubliable soirée, monsieur de La Fontaine apprend une nouvelle stupéfiante, une nouvelle si effroyable qu'il en attrape la fièvre et doit s'aliter. Il n'est pas le seul, d'ailleurs, à être foudroyé : monsieur Racine, un des amis qu'il rencontre régulièrement chez monsieur Fouquet, tombe également malade.

Cette abominable nouvelle, la voici : hier, monsieur Fouquet a été arrêté ! On l'accuse d'avoir utilisé l'argent de l'État pour s'enrichir et, ce qui est peut-être encore plus grave, d'avoir fortifié Belle-Île et d'y avoir armé des gens pour soutenir un projet de conspiration contre l'État. Contre l'État, c'est-à-dire contre le roi ! Inculpé de haute trahison… C'est la mort qui l'attend ! En même temps qu'on l'arrêtait brutalement, sa maison de Saint-Mandé et le château de Vaux ont été interdits d'accès et fouillés, dans l'espoir sans doute d'y trouver des papiers compromettants. Quant à madame Fouquet, elle a été exilée à Limoges avec ses enfants.

Le fameux message qui a causé tant de souci à monsieur de La Fontaine n'était donc pas si éloigné de la vérité. Monsieur Fouquet n'a certes pas été empoisonné, cependant ses ennemis sont arrivés à leurs fins. *La couleuvre s'est juré de vous éliminer*, avait-on écrit. Elle y a réussi…

Qui aurait pu prévoir une chute aussi brutale ? En l'entendant offrir le château au roi, le poète a bien eu quelques craintes. Louis XIV n'allait-il pas prendre cela comme un affront et s'en sentir humilié ? Ne risquait-il pas de traduire ainsi les paroles de son surintendant : « Sire, vos finances sont dans un état catastrophique, elles ne vous permettront jamais de faire construire un palais aussi beau, un parc aussi fabuleux. Puisque j'ai, moi, assez d'argent pour avoir pu réaliser ce projet, laissez-moi vous l'offrir. »

Ou pire encore, traduit par monsieur Colbert : « J'ai pu me payer cette folie avec l'argent que j'ai puisé dans les caisses du royaume, il est bien normal que je consente à vous l'offrir. »

Un roi orgueilleux pouvait-il accepter un tel cadeau ?

Mais de là à accuser son surintendant de haute

trahison ! Comment le malheureux pourra-t-il échapper à la mort ? L'homme le plus innocent peut passer pour coupable si telle est la volonté de plus puissant que lui. Si le roi le décide, monsieur Fouquet sera coupable, car la raison du plus fort est toujours la meilleure...

Monsieur de La Fontaine est effondré. Avant tout pour le surintendant, bien sûr. Mais aussi un peu pour lui-même. Il a été si heureux, à Vaux-le-Vicomte comme à Saint-Mandé... Il y rencontrait des personnes cultivées, capables de réfléchir profondément comme de rire avec légèreté, il y a passé des soirées inoubliables durant lesquelles on se régalait de bons mots et de bons mets. En échange de tous ces plaisirs et de la pension que lui versait monsieur Fouquet, sa seule obligation était d'écrire quelques poèmes. Lui qui aime tant la liberté, il se sentait bien parfois un peu comme dans une cage, mais la cage était si dorée ! Sans la protection de leur mécène, que vont devenir ses amis, monsieur Molière, monsieur Corneille et monsieur Perrault ? Que va-t-il devenir, lui ?

– Des orphelins, voilà ce que nous sommes désormais ! se lamente-t-il.

Et Vaux-Le-Vicomte... Ce paradis est-il perdu

à jamais ? Pour monsieur de La Fontaine comme pour ses amis, c'est un véritable crève-cœur.

Mais il ne faut pas se laisser aller à la tristesse. Passé les jours de fièvre et d'abattement, le poète décide de partir en croisade. Il va écrire des poèmes pour dire ce qu'il pense, plaider en faveur de son protecteur, supplier le roi de se montrer clément, de ne pas condamner à mort un homme qui a tant fait pour le royaume. Ces poèmes, il les fera circuler. Quand tout le monde sera convaincu de l'innocence de monsieur Fouquet, quand tout le monde réclamera sa libération, le roi n'aura plus d'autre possibilité que de se montrer magnanime.

Le succès n'est pas certain, mais monsieur de La Fontaine fera tout ce qui est en son pouvoir pour l'obtenir.

Épilogue

Fontainebleau, un jour de 1679

– Savez-vous à quoi je pense quand je vous vois ? demande la comtesse de La Farandole.

– Je n'en ai pas la moindre idée, répond Perrette.

Pour l'instant, tout ce qui lui importe est que l'ourlet de la robe sur laquelle elle travaille soit parfaitement droit, ce qui n'est pas une mince affaire avec un velours aussi épais.

– À ces vers si amusants, poursuit la comtesse. Je crois pouvoir les réciter de mémoire. *Perrette sur sa tête ayant un Pot au lait Bien posé sur un coussinet, Prétendait arriver sans encombre à la ville. Légère et court vêtue elle allait à grands pas ; Ayant mis ce jour-là, pour être plus agile, Cotillon simple, et souliers plats.* Euh… Oui, c'est cela… *Notre laitière ainsi troussée Comptait déjà*… euh… ta-ta-ta-ta *Tout le prix de son lait*… ta-ta-ta-ta-ta-ta, *Achetait un cent d'œufs pour*… Non, je me trompe… Ah oui ! *Achetait un cent d'œufs, faisait triple couvée*… Ensuite, eh bien, je ne sais plus trop comment cela continue. Tout cela pour dire que cette fable me fait penser à vous, madame Perrette. À cause du prénom, bien sûr, mais aussi parce que je vous imagine fort bien marchant très vite sur la route, simplement et joliment vêtue. Vous me semblez être de ces personnes actives qui ont toujours mille projets à l'esprit. Est-ce que je me trompe ?

Perrette ne répond que par un mouvement de tête agrémenté d'un sourire, car elle a pour l'instant une demi-douzaine d'épingles à la bouche.

– La fin est un peu moins joyeuse, ajoute la comtesse. La jeune Perrette fait de savants calculs, compte le nombre d'œufs qu'elle achètera avec l'argent du lait, se dit qu'elle pourra ainsi élever des poulets et devenir très riche. Hélas ! tout excitée par ce projet, elle saute en l'air de joie, son pot de lait se renverse, et alors *adieu veau*, *vache*, *cochon*, *couvée* !

D'émotion, Perrette manque avaler une aiguille. Cette histoire vient de réveiller un souvenir qui remonte bien loin. Dix-huit ans plus tôt, si elle ne se trompe pas. Un superbe château, une fête merveilleuse, un feu d'artifice éblouissant… et un drôle de bonhomme, distrait, gentil et plein d'imagination, qui lui disait : « Plutôt que penser à ce que vous achèteriez avec le prix de votre pot de lait, vous auriez dû vous assurer qu'il était bien en équilibre sur votre tête. »

Depuis, les années ont filé comme l'éclair. Perrette n'a jamais revu Antoine, elle a épousé un autre garçon avec qui elle a eu deux enfants. Elle est devenue marchande à la toilette comme sa mère et tout le monde l'appelle madame Perrette.

Elle retire les épingles de sa bouche et demande :

– Connaissez-vous le nom de la personne qui a écrit ces vers ?

– Monsieur de La Fontaine, bien sûr ! Qui d'autre que lui pourrait écrire une fable aussi charmante et pleine de bon sens ? Celle-ci a été publiée l'an dernier avec d'autres du même style, mais son premier recueil remonte à dix bonnes années. Il a tout de suite eu du succès, ses livres se vendent comme des petits pains.

– Il a donc fini par trouver sa voie, murmure Perrette pour elle-même.

La comtesse a l'air perplexe. Elle se demande sans doute de quelle voie il s'agit, mais Perrette n'en dit pas davantage. Si vraiment monsieur de La Fontaine est devenu célèbre, qui croira qu'elle a passé plusieurs heures avec lui, qu'elle lui a confié une mission, qu'il aurait pu tout faire échouer parce qu'il s'était endormi, qu'elle s'est fâchée contre lui et qu'ils se sont finalement quittés bons amis ? Sans ajouter un mot, elle continue donc à s'appliquer à son ourlet tout en écoutant le babil de sa cliente.

– Pour revenir à ce monsieur de La Fontaine... finit-elle tout de même par demander en profitant d'un silence. N'a-t-il pas été autrefois un des protégés du surintendant Fouquet ?

– En effet. Il a même écrit des poèmes pour prendre la défense du surintendant quand celui-ci a été arrêté. Sans grand résultat, hélas, puisque ce pauvre monsieur Fouquet a été jugé coupable. Mais on ne lui a pas coupé la tête, c'est déjà cela... Il n'empêche qu'il moisit en prison. Son château a été entièrement vidé, depuis les meubles jusqu'aux petits arbres de son orangerie, en passant par les tableaux et les tapisseries... C'est triste, quand on se rappelle la fête magnifique qu'il y avait donnée. J'étais toute jeune alors, et je ne l'ai jamais oubliée. Si vous aviez vu cela !

« Je l'ai vu... » songe Perrette. Elle se rappelle aussi le choc qu'a été l'arrestation du surintendant. Sa mère en a été toute retournée. Quant à elle, elle s'est souvent demandé ce qu'était devenu Antoine.

Qui sait si monsieur Colbert ne lui a pas confié un poste important pour le remercier de ses services ?

– Lorsqu'il a été arrêté, poursuit la comtesse, cela a fait grand bruit. Monsieur de La Fontaine a été de ceux qui l'ont défendu, et je peux vous dire qu'ils étaient rares. La plupart de ses amis ont été plus prudents. Le résultat est que notre fabuliste[1] est très mal vu par le roi, qui ne lui a jamais pardonné. Mais qu'importe, puisque tout le monde aime ce qu'il écrit ? Certains pensent même qu'il finira par entrer à l'Académie française[2]. Qui l'eût cru il y a quelques années encore ?

Oui, qui l'eût cru ? Perrette repense encore à cet homme tranquille qui n'avait l'air de rien, qui paraissait beaucoup plus intéressé par les animaux que par les puissants de la Cour, qui préférait somnoler sous un arbre plutôt que travailler, et qui à quarante ans ne savait ce qu'il allait faire de sa vie. Jamais elle n'aurait pensé qu'il connaîtrait une telle réussite. Jamais non plus, le soir de cette fête,

1. Auteur de fables.

2. Créée en 1635 par Richelieu, l'Académie française réunit quarante membres issus de différents domaines (littérature, histoire, sciences, etc.). C'est elle qui fixe les règles de la langue française et qui rédige le dictionnaire. Elle seule peut décider si un nouveau mot va être admis à y figurer.

elle n'aurait imaginé que monsieur Fouquet perdrait tout, richesse et pouvoir. Et soudain reviennent à sa mémoire les paroles de monsieur de La Fontaine.

– Il ne faut jamais juger les gens sur la mine, murmure-t-elle. Un souriceau qui verrait un chat pour la première fois pourrait le prendre pour un cousin, et pourtant il se tromperait.

– Mais alors vous avez lu *Les Fables*, petite cachottière ! s'exclame la comtesse de La Farandole. Celle-ci est une de mes préférées. *Le Cochet, le Chat et le Souriceau*. J'adore la description du chat *velouté*..., *longue queue*... Voyons, il ya aussi un autre adjectif... Ah oui, *marqueté* ! *Marqueté, longue queue, une humble contenance ; Un modeste regard, et pourtant l'œil luisant*... Pauvre petit souriceau qui ignore que le chat se nourrit de souris... Monsieur de La Fontaine a raison, il ne faut pas juger les gens sur la mine. Si vous aimez *Les Fables*, je vous prêterai un recueil. Qu'en dites-vous ?

Perrette remercie la comtesse. Elle n'ose pas avouer qu'elle ne sait pas lire, car il lui faudrait alors expliquer d'où elle connaît la fable du Chat et du Souriceau. Et cela, elle ne le veut pas. C'est son secret, le souvenir d'une aventure extraordinaire qu'elle chérit comme un rêve.

Ils ont vraiment existé !

Perrette et Antoine sont des personnages imaginaires, de même que la comtesse de La Farandole. Tous les autres ont vraiment existé. La grande fête de Vaux-le-Vicomte n'est pas une invention, pas plus que l'arrestation de Fouquet ou le fait que Jean de La Fontaine a pris la défense du surintendant, qui l'avait protégé. Mais bien sûr il n'a probablement jamais remis de message secret avertissant son protecteur d'un possible empoisonnement…

Corneille, Pierre (1606-1684)
Poète et auteur dramatique français, auteur notamment du *Cid*, une pièce qui rencontra un très grand succès. On a créé un adjectif à partir de son nom : avoir à faire un choix *cornélien*, c'est devoir choisir entre deux solutions alors qu'aucune des deux n'est vraiment bonne.

Fouquet, Nicolas (1615-1680)

Né dans une famille aisée et cultivée, Nicolas Fouquet a été conseiller au parlement de Metz à 19 ans, puis intendant de justice, police et finances à Grenoble à 29 ans. Pendant la Fronde[1], il a soutenu Anne d'Autriche (veuve de Louis XIII) et son ministre Mazarin. Il a été nommé surintendant des Finances en 1653. Arrêté le 5 septembre 1661, accusé d'avoir détourné de l'argent du royaume et d'avoir projeté de comploter contre le roi, il n'a finalement pas été condamné à mort, mais a été maintenu en prison jusqu'à son décès, en 1680.

La Fontaine, Jean de (1621-1695)

Né dans une famille aisée, le futur fabuliste fut d'abord maître des Eaux et Forêts à Château-Thierry, un métier qui lui permettait de parcourir la campagne et les forêts qu'il aimait tant. Mais il rêvait de vivre de sa plume, et la protection de Nicolas Fouquet lui permit d'écrire tranquillement pendant près de trois ans. Après l'arrestation du surintendant des Finances, il trouva un autre protecteur : madame de La Sablière, chez qui il demeura

1. Voir note p. 52.

pendant vingt ans. En 1668, il publia un premier recueil de *Fables* qui eut immédiatement du succès et fut suivi de deux autres. Pour écrire ses *Fables*, il s'est inspiré d'Ésope, un auteur grec du VIe siècle avant Jésus-Christ. Il a été reçu à l'Académie française en 1684, et lorsqu'il mourut, en 1695 à l'âge de 73 ans, il était un auteur très connu.

Laloy, dame

Une certaine dame Laloy était effectivement marchande à la toilette à la Cour, et faisait partie de la « police féminine » que le surintendant Fouquet avait mise sur pied pour le tenir au courant de ce qu'on disait sur son compte dans l'entourage de la reine mère et du roi. Des messages écrits à l'encre sympathique lui parvenaient régulièrement, lui indiquant par exemple de qui il devait se méfier. On ignore si dame Laloy avait des enfants, mais pourquoi ne pas imaginer qu'elle avait une fille prénommée Perrette ?

Le Brun, Charles (1619-1690)

Peintre et décorateur, il a travaillé au château de Vaux-le-Vicomte. Après la chute de Nicolas Fouquet, il fut nommé par Louis XIV premier peintre du roi, décorateur en chef du château de Versailles, et directeur de l'Académie royale de peinture et de sculpture ainsi que de la Manufacture royale des Gobelins. Sa peinture, inspirée de l'art antique, a marqué l'art de cette époque : c'est l'art classique, harmonieux et grandiose.

Le Nôtre, André (1613-1700)
Ce paysagiste a dessiné le parc de Vaux-le-Vicomte, puis celui du palais de Versailles et de bien d'autres (Chantilly, Saint-Cloud, Sceaux...). Ses « jardins à la française » sont un modèle de perfection classique : plan géométrique, beauté des perspectives, harmonie des massifs, des statues, des fontaines et des jeux d'eau. Le Nôtre fut non seulement célèbre en France, mais aussi très demandé à l'étranger.

Lully, Jean-Baptiste (1632-1687)
Né à Florence (Italie), il entra à 21 ans au service de Louis XIV comme violoniste et danseur. Nommé au bout d'un an compositeur de la Musique instrumentale du roi, puis surintendant de la Musique et compositeur de la Chambre en 1661, il composa de nombreux ballets, dont treize comédies-ballets en collaboration avec Molière. Il dirigea l'Académie

de musique du Roi-Soleil et est considéré comme le créateur de l'opéra français. Il mourut des suites d'une plaie qu'il s'était faite au pied avec sa canne pendant une répétition.

Molière (1622-1673)
Il s'appelait en réalité Jean-Baptiste Poquelin. Alors qu'il aurait pu succéder à son père comme tapissier du roi, sa rencontre avec une famille d'acteurs, les Béjart, le décida à se consacrer au théâtre. Il créa une troupe de comédiens en 1643, pour laquelle il écrivit de nombreuses pièces. Ses débuts à Paris étant difficiles à cause de la concurrence, il fit voyager sa troupe en province. Une fois rentré à Paris, il joua devant le roi. Louis XIV apprécia ses pièces, et ce fut le début de la célébrité. Il mourut à 51 ans, quelques heures après une représentation du *Malade imaginaire*.

Perrault, Charles (1628-1703)
Cet écrivain français fut notamment l'auteur des célèbres *Contes de ma mère l'Oye* – parmi lesquels figurent *La Belle au bois dormant*, *Le Petit Chaperon rouge*, *Cendrillon*… Comme La Fontaine, il fit partie de l'entourage proche de Nicolas Fouquet.

Racine, Jean (1639-1699)
Il fut un des plus célèbres tragédiens français. Ses sujets étaient souvent tirés de la mythologie grecque. Il fut reçu à l'Académie française en 1673, onze ans avant La Fontaine.

Torelli, Giacomo (1608-1678)
Né en Italie, il fut à la fois peintre et scénographe, c'est-à-dire qu'il créait des décors de théâtre. C'est lui qui mit au point le magnifique feu d'artifice de la fête de Vaux-le-Vicomte. On le surnommait le « Grand Magicien » ou le « Grand Sorcier ».

Vatel, François (1631-1671)
D'origine suisse, il fut pâtissier-traiteur, intendant et maître d'hôtel. Il organisa la grande fête d'août 1661. Après l'arrestation de Nicolas Fouquet, il travailla au château de Chantilly (qui donna son nom à la fameuse crème créée lors de la fête de Vaux-le-Vicomte). On dit qu'il se suicida lors d'une fête en apprenant que les poissons qu'il avait commandés pour un grand dîner n'arriveraient pas à temps.

Les fables

Certains passages t'ont peut-être rappelé des fables de La Fontaine que tu connais. Les as-tu toutes repérées ? Voici celles qui sont évoquées dans ce roman :

L'Ours et les deux Compagnons

Chapitre 4 : « – (…) Mais vendre la peau de l'ours avant de l'avoir mis par terre me paraît bien imprudent. »

La fable, elle, se termine ainsi :

– Il m'a dit qu'il ne faut jamais
Vendre la peau de l'Ours qu'on ne l'ait mis par terre.

La Cigale et la Fourmi

Chapitre 5 : « – (…) Quant à vous, jeune fille, vous avez la jolie voix et la gaieté d'une cigale. Mais vous me paraissez beaucoup plus réfléchie que cet insecte imprévoyant qui ne pense pas à faire des réserves en prévision de l'hiver. »

Le titre de ce roman est également tiré de la morale de cette fable :
– Vous chantiez ? j'en suis fort aise.
Eh bien ! dansez maintenant.

Le Chêne et le Roseau
Chapitre 7 : « Il est en train de se transformer en un chêne majestueux ! […] C'est extraordinaire, il est le roi de la forêt ! »

La Grenouille qui se veut faire aussi grosse que le Bœuf
Chapitre 9 : « Une grenouille qui aurait mangé et bu en abondance dans l'espoir de devenir aussi grosse qu'un bœuf. Cette personne s'imagine sûrement que son embonpoint lui donne un air très important. "Si elle continue comme cela, se dit-il en riant tout seul, elle finira par éclater…" »

La Laitière et le Pot au lait
Chapitre 10 : « Voyons, imaginons une jeune fille qui part vendre du lait au marché. Tout le long du trajet, elle fait de savants calculs sur le prix de son lait, sur ce qu'elle achètera avec l'argent récolté, sur la façon dont cet argent fera des petits… Et elle rêve si fort

qu'elle en oublie de maintenir son pot de lait en équilibre, et qu'il casse avant qu'elle arrive à la ville. »
Chapitre 15 : « – (…) Plutôt que penser à ce que vous achèteriez avec le prix de votre pot de lait, vous auriez dû vous assurer qu'il était bien en équilibre sur votre tête. »
Épilogue : « – (…) *Perrette sur sa tête ayant un Pot au lait Bien posé sur un coussinet, Prétendait arriver sans encombre à la ville. Légère et court vêtue elle allait à grand pas ; Ayant mis ce jour-là, pour être plus agile, Cotillon simple, et souliers plats*. Euh… Oui, c'est cela… […] »

Le Cochet, le Chat et le Souriceau
Chapitre 15 : « – Avec les années, vous apprendrez rapidement qu'il ne faut jamais juger les gens sur la mine. Imaginez un souriceau qui rencontrerait un chat pour la première fois. Il pourrait le trouver aimable et doux, le prendre pour un cousin sous prétexte qu'ils ont tous les deux des oreilles pointues. Pourtant… »
Épilogue : « – Il ne faut jamais juger les gens sur la mine, murmure-t-elle. Un souriceau qui verrait un chat pour la première fois pourrait le prendre pour un cousin, et pourtant il se tromperait. »

« – (…) Celle-ci est une de mes préférées. *Le Cochet, le Chat et le Souriceau.* J'adore la description du chat *velouté…, longue queue…* Voyons, il y a aussi un autre adjectif… Ah oui, *marqueté, longue queue, une humble contenance ; Un modeste regard, et pourtant l'œil luisant…* »

La fable se termine ainsi :

Garde-toi, tant que tu vivras,
De juger des gens sur la mine.

Le Loup et l'Agneau

Chapitre 17 : « Si le roi le décide, monsieur Fouquet sera coupable, car la raison du plus fort est toujours la meilleure… »

La fable commence ainsi :

La raison du plus fort est toujours la meilleure :
Nous l'allons montrer tout à l'heure.

Louis XIV et Versailles

En 1661, Louis XIV résidait tantôt à Fontainebleau, tantôt au Louvre (à Paris), tantôt à Saint-Germain-en-Laye. Mais il estimait que le roi de France méritait beaucoup mieux que ces vieux châteaux ! En découvrant Vaux-le-Vicomte, il se sentit humilié. C'est probablement à la suite de la fête du 17 août qu'il décida de faire bâtir un palais digne de lui. Le lieu ? Versailles, là où Louis XIII, son père, possédait un simple relais de chasse, qu'il agrandit et transforma en une véritable splendeur.

Pour cela, il fit venir tous ceux qui avaient travaillé à Vaux-le-Vicomte : l'architecte Le Vau, le peintre Le Brun, le jardinier Le Nôtre. Il confisqua une grande partie des meubles et des tableaux qui avaient orné le château de son surintendant, et en récupéra même les orangers pour constituer sa propre orangerie. Il s'y installa en 1682.

Il attira également à lui les artistes de l'entourage

de Nicolas Fouquet : Molière, Racine, Corneille, Lully… La Fontaine, qui avait pris la défense du surintendant, fut toujours ignoré par le roi.

TABLE DES MATIÈRES

Béatrice Nicodème

C'est sa passion pour le roman policier qui a donné à Béatrice Nicodème l'envie d'écrire. Voilà pourquoi ses romans sont si souvent pleins de secrets à découvrir et de traîtres à démasquer. Mais elle aime aussi emmener ses lecteurs voyager dans le temps (de l'Antiquité romaine à la Seconde Guerre mondiale en passant par le Moyen Âge ou le XIXe siècle), et leur faire côtoyer des héros et des héroïnes qui ont vraiment existé. Elle collabore régulièrement au magazine *Histoires vraies* (Fleurus Presse).

Du même auteur :

AUX ÉDITIONS NATHAN

D'un combat à l'autre. Les filles de Pierre et Marie Curie

Les Cauchemars de Cassandre, coll. « Histoires noires de la mythologie »

CHEZ D'AUTRES ÉDITEURS

Wiggins et le perroquet muet ; Wiggins et la ligne chocolat ; Wiggins chez les Johnnies ; Wiggins et les plans de l'ingénieur, Syros Éditions

Un détective de mauvais poil ; Un détective aux pattes de velours, Le Livre de Poche Jeunesse, Hachette

Le Secret de la cathédrale ; La Malédiction de la Sainte-Chapelle ; Le Trésor de Salisbury, Le Livre de Poche Jeunesse, Hachette

Les Poisons de Rome, Le Livre de Poche Jeunesse, Hachette

Couleur vanille. Le destin d'un jeune esclave de l'île de la Réunion, Oskar Éditions

Vous avez aimé

EH BIEN, DANSEZ MAINTENANT !

Découvrez, du même auteur...

D'un combat à l'autre – Les filles de Pierre et Marie Curie
BEATRICE NICODEME
À partir de 12 ans

« – Tu sais, Ève, chacun a son propre rôle à jouer, selon son caractère et ses dispositions. Irène et moi, nous sommes avant tout des scientifiques. Toi, mon Évette, tu es une artiste. »
Dans la tourmente de la Première Guerre mondiale, Irène et Ève Curie veulent se rendre utiles. Chacune à sa manière – grâce aux sciences pour l'une, aux mots pour l'autre – , les deux jeunes filles participeront à l'effort de guerre...

...et d'autres romans dans la même collection...

Les médecins ridicules – En coulisse avec Molière
LAURE BAZIRE
À partir de 11 ans

« Paris, XVIIe siècle. Armand de Mauvillain se rend de toute urgence chez son ami Molière. Celui-ci est désespéré : le grand Daquin, médecin du roi, a finalement refusé de soigner son garçon, après lui avoir conseillé des remèdes dangereux ! L'enfant n'y survivra pas. Dès lors, Molière cherchera à se venger de Daquin et des mauvais médecins avec ses armes à lui : le rire et la comédie...

FSC www.fsc.org
MIXTE
Papier issu de sources responsables
FSC® C022030

N° d'éditeur : 10284167
Achevé d'imprimer en juillet 2022 parDupliprint (53100 Mayenne, France)
OF : 2972774K